伊玲作品集

辛卯思

伊玲文集

父 亲

Father

伊 玲/著

ZHEJIANG UNIVERSITY PRESS
浙江大学出版社 | 全国百佳图书出版单位

"母亲"的定义和形象，在一位父亲身上得到了新的诠释。

目 录

父　亲

男人和女人是两个性别，但有时他们的角色却难以区别。

医院产房走廊　内　夜

〔产房内传来女人一阵又一阵刺耳、痛苦的哭喊声，回荡在空旷寂静的走廊中。窗外传来淅淅沥沥的雨声。

〔走廊上，女人的母亲和弟弟、弟媳不安地坐在椅了上。女人的丈夫焦急地来回踱步，不时在手术室门口张望，一脸的疲惫与痛苦。

〔窗外的雨渐渐小了下来，只听雨滴打在屋檐上传来"滴、滴、滴"的声音。

〔产房内，女人的哭喊声突然没了。外面每个人的心被揪得更紧了。

〔产房的门被打开，医生出来。

医生：哪位是李秀莲的家属？

众人：（拥了上去）我们是！

医生：现在患者的情况很危急，你们家属要有一个思想准备。

众人：秀莲到底怎么样了？

医生：患者难产，导致子宫大出血……大人和小孩，只能保一个！

［所有人惊呆了。

李秀莲母亲:(哭喊)不——不——这太残忍了！我女儿不能有事，我外孙也不能有事！

沈家华 :(急迫地) 保两个！一定要保两个！

医生 : 你们赶快做个决定吧，不要再拖延时间了。再耽误下去，恐怕两条命都保不住了！

沈家华 :(拉着医生的胳膊，哀求地) 医生，我求求你了！救救她娘俩！她们一个都不能有事，一个都不能！

医生 : 要是我能救，我怎么会不救呢！时间就是生命，你们赶快做个决定！快！

［沈家华满脸的痛苦与矛盾。

护士 :(跑了出来) 谁是李秀莲的丈夫？

沈家华 : 我是！我是！

护士 : 患者要和你说话！

医院产房　内　夜

［沈家华穿上消毒衣走到手术床前，李秀莲脸色苍白。
［沈家华泪流满面，将头凑近李秀莲的脸。

李秀莲 : 家华，我的命是保不住了……听我的……保孩子……保孩子……

沈家华：（使劲摇头）不！秀莲，你要坚强！孩子没了，我们还可以再生！可是秀莲你只有一个！

李秀莲：（摇头）你们沈家的香火不能断！我已经活了几十年，可孩子不能还没出世就这么走了。至少要看看这个世界……看看……自己的亲人……

沈家华：可是你走了，孩子就看不到妈妈了！

李秀莲：那你就再给孩子找个妈妈，要对咱们孩子好的人……

沈家华：（痛苦地趴在李秀莲身上）你胡说八道些什么！我沈家华这辈子只娶李秀莲一人为妻！除了你，我谁也不要！

李秀莲：（欣慰地点点头）有你这句话，我就是走了也安心。我已经三十九岁了，怀上这个孩子不容易，也知道自己的病拖不久。告诉妈，女儿对不起她。下辈子，让我再好好孝敬她老人家……家华，替我照顾好妈，把孩子抚养成人，让他成才……

〔沈家华哭着将头埋在李秀莲的身上，不住地摇头。

〔李秀莲的眼角流出眼泪。

医院产房走廊　内　夜

〔产房的门被打开。

〔沈家华啪地跪在地上，低头哭着。

李秀莲母亲：（拉住他的胳膊）告诉我，秀莲怎么样了？

沈家华：（泪不断掉下，哽咽）救孩子——救孩子——

李秀莲母亲：（往后倒下去，儿子、媳妇扶住她）不——不——

　　李秀莲母亲：（上前捶打沈家华，嘶喊，崩溃地）你这个杀人凶手！把女儿还给我！你把秀莲还给我！秀莲——秀莲——

　　［沈家华低头跪在地上，忍住痛苦，任由李秀莲母亲打自己的头和身子。
　　［一旁的玻璃模糊一片。

医院产房　内　夜

　　［医生和护士紧急地抢救着李秀莲腹中的胎儿。
　　［一旁的仪器发出"嘀——嘀——嘀——"的声音。

医院产房走廊　内　夜

　　［打出字幕：半个小时后……
　　［响亮的啼哭声传出来，所有人起身，睁大眼睛。

　　李秀莲母亲：（声嘶力竭）秀莲——秀莲——我的女儿！

　　［沈家华痛苦地闭眼，跪在产房门口。

　　李秀莲弟弟、弟媳：（哭着）姐——姐——姐！

　　［产房的门被打开，护士抱着婴儿出来。女婴哇哇大哭着，整张小脸皱成一团。

护士：是个闺女！5斤9两！

［医生和护士推着李秀莲出来，她被白布盖着。

李秀莲母亲：（绝望地将双手伸向产房门口，痛苦地、哽咽地）女儿——我可怜的女儿——我的秀莲啊——

医生：（摘下口罩，低下头）实在是抱歉，没能救活大人。能保下这个孩子，也已是不幸中的万幸了。你们，节哀吧！

［李秀莲母亲颤抖地用手拉开白布，双手轻轻捧住秀莲的脸，哽咽地将脸慢慢贴上去。

沈家华：（抱过女婴，啪地跪在地上）秀莲——秀莲——你睁开眼看看咱们的闺女，她长得多像你！你倒是看看呐！啊——

［沈家华仰天长吼一声。
［女婴哇哇大哭着。

医院 外 夜

［医院外，鹅毛大雪纷纷扬扬，一片白雪皑皑的景象，安静又唯美。

医院走廊 内 夜

［沈家华手摸着玻璃窗，痛苦地隔窗望着自己的女儿。

[女婴安置在保温箱，熟睡中。

[沈家华回想起妻子闭眼的一刻，孩子来到了世上。孩子那一记响亮的哭声，回荡在沈家华的耳边。沈家华悲痛欲绝。

[镜头慢慢淡出，女婴哭声不断。

[黑场淡入，打出字幕：1985年12月9日，南京。

沈家琪家　外　夜

[婴儿熟睡。

[沈家华妹妹沈家琪家的阳台上晾着一排尿布，沙发上和桌子上摆着奶瓶、玩具，一旁放着婴儿车。

沈家华母亲：（坐在椅子上）她外婆就是不肯看一眼外孙女。总认为是小毛头夺去了她女儿的命，是我们家华害死了她女儿。

沈家琪：妈，秀莲母亲突然没了女儿，怎么叫她不伤心呢。等过段时间，她老人家自然会接受小毛头的。毕竟，这是她的亲外孙女啊。

沈家华母亲：（责怪地）亲外孙，不如亲孙子来得亲呐！我这辈子就指望有个孙子！你是生了个儿子，可震震是别人家的孙子！喊我外婆！我们沈家的香火是传不下去咯！

沈家华母亲：（叹气）当初秀莲和家华工作忙，整天顾着学校的那帮学生。秀莲又得了病，把大事都给耽搁了。好不容易怀上一个吧，这秀莲说没就没了。你哥今年都四十了，你让他一个大男人怎么带孩子？

[沈家琪不发话。

沈家华母亲：要不……再给家华找个伴？

沈家琪：这嫂子一走，哥还有心情吗？

沈家华母亲：那总不能让家华永远抱着秀莲的遗像过日子吧，小毛头以后大了也不可能永远养在咱们家，总要找个女人来分担吧。

沈家琪：（她看看门口）妈，您瞎说些什么！哥回来了。

〔沈家华、沈家华弟弟沈家强进门。

沈家琪：哥，什么时候把孩子带给她外婆看看？

沈家华：（顿了顿）过段时间吧，等秀莲妈的情绪平复后，我就把孩子带过去。

沈家华母亲：（起身，没好气地）别太晚咯，免得人家到时候都不认这个外孙女！

〔沈家华、沈家琪互相看看，低头不发话。

沈家华母亲：（摆手，往里屋走去）我老了，管不动了，你们自己拿主意吧。

沈家华：（看着母亲的背影，低下头坚定地）女儿是我的，明天我把她接回家去，我来带！

沈家琪：哥，你那么忙，小毛头怎么能放在家里呢？孩子就留在我这里，我来养。

〔沈家华低头不语。

〔沈家琪把沈家华送出门。

［外边大雪大风，寒气逼人。

沈家华：（拍拍家琪的胳膊）家琪，那就拜托你了。过几天，我给孩子上个户口。

沈家琪：想好给孩子取什么名字了吗?

沈家华：（抬头看着漫天风雪，叹一口气）这孩子的命是她妈妈的命换来的，她不能忘记自己伟大的母亲。我想好了，就叫秀妮吧。

沈家琪：沈秀妮，这名字好。

沈家华:（望一眼远处）哎！希望秀莲在天上，能看见自己的女儿。好保佑秀妮，健康平安地长大。

［沈家琪看着沈家华远去的背影，红了眼眶。

［天上下着鹅毛大雪，沈家华骑着自行车渐行渐远。

［出片名:《父亲》。

李秀莲母亲家　　内　　日

［沈家华抱着沈秀妮，敲开李秀莲母亲家的门。

［李秀莲弟弟建军、弟媳：（开门）姐夫来啦!

［客厅里，柜子上摆着李秀莲的黑白照片。

李建军的儿子壮壮：（六岁，跑出来）毛毛头来啦，奶奶，毛毛头回家了!

沈家华：（抱着沈秀妮，尴尬地）建军，你们帮我叫一下妈吧。

〔过了好一会，李秀莲母亲走出来，定在那里。

沈家华：（眼眶红了）妈，这是您的亲外孙女，叫秀妮。您看一眼吧。

〔李秀莲母亲抖动着下巴，眼泪在眼眶里打转。好一会，她上前两步，凑上头看了一眼沈家华怀里的秀妮。
〔沈秀妮正半张半闭着眼睛笑，发出嗯嗯啊啊的声音。
〔李秀莲母亲终于忍不住，用手捂住嘴巴，哭着跑进房间。

公园长廊　外　日

〔过场镜头：沈家华分别见了三位相亲对象，女方始终是笑着，男方只是配合着。

沈家琪家　内　夜

〔沈家华母亲屋里，床头摆放着多张女方的照片。

沈家华：（走进来，对着母亲）妈，您别再为我操心了。我不找了，就守着秀妮，把她抚养成人。
沈家华母亲：（皱眉）这怎么行？你既当爹又当娘，身体哪能吃得消？我坚决不同意！
沈家华：（坚决地）妈，您不同意也得同意。您就算给我找了伴，我也无心和人家过日子。

沈家华母亲：（苦恼地）家华，你这是何苦呢？秀莲都走了这么久了，你要为你的下半辈子着想呐！

沈家华：（坚决地）我的下半辈子，就是为了秀妮而活的！

沈家华母亲：（气得拍腿）哎！你这孩子……怎么就不听劝呢？你为了一个小毛头，值吗？

沈家华：（坚决地，眼眶微红）值！当然值！为了秀妮，上刀山下火海我也愿意！

沈家华家　内　夜

〔沈家华将四岁的沈秀妮抱下自行车。

〔进门后，沈家华把沈秀妮放在地上。她走进去转了转，发现屋里没有人。

沈秀妮：（抬头看着沈家华）爸爸，妈妈去哪儿啦？

〔沈家华顿顿，上前蹲下，脱掉沈秀妮的帽子和手套。

沈家华：（红着眼）妮妮……你妈妈……在那儿！

〔沈家华用手指指柜子上的相片。

沈秀妮：（抬头看）这是妈妈？

沈家华：（把头埋在沈秀妮身上）对，这就是妈妈。

沈秀妮：（不解地眨巴眼睛）那是假妈妈，真妈妈呢？

沈家华：（抹抹眼睛）妈妈去了一个很远的地方。

沈秀妮：那她什么时候回来见妮妮？

沈家华：（哽咽地）她……回不来了……孩子啊……以后要是想妈妈了……就看看这张相片……和她说说话！

沈家华：（点一根香）来，给妈妈磕个头，说妮妮想妈妈！

［沈家华让沈秀妮鞠了三躬。

沈秀妮：（似懂非懂地）妈妈，妮妮好想妈妈！

沈家华：（哽咽地）秀莲啊，我把宝贝女儿带回家了。你看她长得多好看，多像你！你想说什么，就托梦给我，我告诉女儿。

［李秀莲的相片旁，点香的烟雾缓缓地上升着。

沈家华家　内　夜

［深夜，沈秀妮在屋里睡着了。

［沈家华在客厅，站在李秀莲的遗像前久望。

［沈家华捂住脸，弓着身子呜呜地哭起来。

［李秀莲的相片旁，烟缓缓上升着。

幼儿园门口　外　日

［沈家华骑着自行车带着沈秀妮，车轮转动和腿部踩踏的特写。

［幼儿园门口，沈家华将沈秀妮抱下车。

〔老师在门口迎接上学的小朋友。

〔沈秀妮一脸的兴奋转为委屈，眼里含泪，嘴巴撅着。

沈家华：（跳上车）妮妮，乖乖听老师的话！爸爸走了！

〔沈秀妮上前两步，嘴嘟着。

老师：（挽着沈秀妮进幼儿园）来，妮妮，幼儿园里有好多小朋友，我们一起玩游戏好不好？

〔大伯将大门关上。

〔沈秀妮嘟着嘴，回过头看看父亲骑着自行车远去的背影。

沈秀妮：（挣脱老师的手，跑上前哭着大声地）爸爸——爸爸——爸爸！

〔沈秀妮趴在幼儿园的栏杆上，抓着栏杆一节节地往前挪移。

〔沈家华骑着车，眼眶泛红，听着背后的阵阵哭声，忍着心痛往前行。

某中学　外、内　日

〔沈家华匆匆来到某中学，学校名称特写。

〔沈家华拿着课本进了初一（1）班的教室。

沈家华：同学们，现在我们开始上课，今天我们学习《木兰诗》。

学生：（齐声朗读课文）唧唧复唧唧，木兰当户织，不闻机杼声，惟闻女叹息……

风吹过，窗外的树发出沙沙的声响。

沈家华家　内　夜

［沈秀妮坐在沙发上看动画片，阳台外挂满了她的小衣服。

［沈家华在厨房，时不时探出头看沈秀妮。

［饭桌上，沈家华将青菜、红烧肉、大鸡腿放进沈秀妮的碗里。

沈秀妮：爸爸，妈妈还没有吃呢，我给妈妈送一个鸡腿吃吧。

沈家华：妮妮真懂事，鸡腿你自己吃，爸爸会给妈妈送吃的，她知道了一定特别开心。

沈秀妮：（转头看着柜子上李秀莲的相片，笑着）妈妈，妮妮和爸爸吃饭了，你也要吃哦。

［沈家华给沈秀妮碗里夹菜，大口往嘴里扒白饭。

沈秀妮：爸爸，我不爱吃青菜！

沈家华：幼儿园老师怎么教你们的，小孩子不能偏食，将来个子长不高上不了学。听话！

沈秀妮：（咬一口红烧肉）爸爸，肉咬不动。

〔沈秀妮将咬过的肉放在沈家华碗里。

〔沈秀妮把吃剩的鸡腿骨头扔在桌上。

沈家华：（一看桌上的鸡腿）妮妮，你这鸡腿没吃干净呢。

沈秀妮：（放下饭碗）爸爸，我吃饱了。

沈家华：（看着沈秀妮碗里没吃完的饭菜）来，妮妮乖，再吃两口。

沈秀妮：（扭扭头捂嘴下了桌）我吃不下了。

〔沈家华看看沈秀妮碗里剩下的饭菜，捡起桌上未啃干净的鸡腿吃起来，又将她碗里的剩饭全部吃下。

沈秀妮卧室　内　夜

〔夜深，月亮悄悄爬上来，墙上的钟在"啪嗒啪嗒"地走着。

〔沈家华陪女儿躺着，给她讲故事。

沈秀妮：爸爸，你给我讲讲妈妈吧。

沈家华：（顿了顿）妮妮的妈妈，长得很漂亮，也很善良……

沈秀妮：爸爸，妈妈真的是在妮妮很小的时候就走了吗？

沈家华：（骗她）嗯，在妮妮两岁的时候。

沈秀妮：妈妈是怎么走的？

沈家华：（皱眉，痛苦地）妈妈……是得病……得了很严重的病走的。

沈秀妮：（眨巴眼睛）那妈妈生病的时候是不是很痛啊？

沈家华：（点点头）非常痛苦，怀妮妮的时候妈妈也很不容易。所以妮妮要乖一点，将来好好读书，来报答妈妈。

沈秀妮：（似懂非懂地点点头）嗯，我一定听话，好好读书。

沈家华：（摸摸沈秀妮的头）妮妮真乖!

沈秀妮：爸爸，我想妈妈了，我睡着能见到妈妈吗?

沈家华：（望着前方）如果妮妮很想妈妈，就在心里和妈妈说话。你快快睡觉，睡着了就能见到妈妈了。

［沈秀妮赶紧闭上眼睛，闭得紧紧的。

［哄沈秀妮入睡后，沈家华来到自己的房间，在昏黄的灯下批改学生的作业。时钟一分一秒地游走着，背影显得孤独。

路上　外　日

［自行车轮和腿部踩踏的特写。

［又是一年的大雪纷飞。

［沈家华骑着自行车，载着沈秀妮（少年）上小学，秀妮从自行车的前座换到了后座。

小学教室　内　日

［某小学，三年级（1）班。

［沈秀妮坐在位子上，和同学们一起认真地听讲。

沈家华家　内　日

［沈家华将煮好的热牛奶倒在玻璃杯里，将鸡蛋的壳剥好放在碗里，准备好面包与香肠。

沈家华：妮妮，动作快，上学要迟到啦！

沈秀妮：（在洗手间刷牙）爸爸，我知道了！

〔沈秀妮披着头发跑到饭桌上。

沈秀妮：（边吃早饭，沈家华边给她梳头发）妮妮，今天期末考试，一定要认真看题啊！

沈秀妮：（喝牛奶，吃面包和鸡蛋）爸爸放心吧。

沈家华：（给沈秀妮夹好发夹）爸爸给你买的这个发夹好看吗？

沈秀妮：好看，我最喜欢粉红色了，班上的同学都说漂亮呢！

〔沈家华笑着看着沈秀妮。

路上 外 日

〔路面结冰，一片银白色的景象。

〔沈家华骑车，沈秀妮坐在后座。

〔路面结冰太厚，沈家华的车不小心滑倒了。

沈家华：（赶紧去抱沈秀妮，心疼地）妮妮！摔疼了没？快告诉爸爸！

沈秀妮：（摸摸屁股，咯咯地笑，摇摇头）不疼，爸爸。

〔沈家华推着自行车，一步一步艰难地往前赶。

沈秀妮：爸爸，我下车走吧。

沈家华：哎，这地太滑，你坐好了别乱动。爸爸保证不让你迟到。

沈秀妮：爸爸，你怎么没戴手套？我把手套摘下来给爸爸戴吧。

［沈家华双手被冻得又红又紫。

沈家华：（感动地笑了）爸爸是男子汉，不冷。况且，妮妮这么小的手套，爸爸这么大的手也戴不进去啊！

沈秀妮：（想了想）爸爸，要不，你把手放在妮妮的口袋里焐焐热吧。

沈家华：（红着眼，口里不断吐出寒气）妮妮长大了。有妮妮这句话，爸爸心里暖着呢。

［沈家华快速推着自行车，脚下发出嘎吱嘎吱的声响。
［脚步与车轮的特写。

小学教室　内　日

［班主任林老师发试卷给同学。
［沈秀妮流利地做着题目。
［沈秀妮将考卷翻到第二页的命题作文。
［试卷上写着，命题作文《我的母亲》。
［沈秀妮皱眉，眼睛红了，咬着笔头愣在那里。
［林老师走过来，看见沈秀妮不动笔，摸着她的脑袋。

林老师：沈秀妮，要抓紧啊。（她对着全班同学）考试还有二十分钟时间，请同学抓紧做题。已经做完的，请认真检查一遍！

〔沈秀妮见老师没走，只有拿起笔在试卷上慢慢地写下"我的母亲"四个字。
〔下课铃声响。

林老师：好，时间到，请同学们把试卷交上来！

〔同学纷纷将试卷交上来。
〔沈秀妮坐在位置上，低头。

林老师：（抬头一看）沈秀妮！把试卷交上来吧！

〔沈秀妮低着头，嘟着嘴，将考卷递上去。

小学走廊　外　日

〔同学们三三两两地凑在一起谈论考试题目。
〔沈秀妮站在一边，一声不响。

同学甲：（问同学乙）你的作文怎么写的？
同学乙：（眨眨眼睛，复述着）我的母亲，是一位长得非常漂亮的母亲。她有一双大眼睛，一头乌黑的长发。母亲对我关怀备至，为我付出了特别多的爱……

同学甲:(笑着问沈秀妮)沈秀妮,你是怎么写的,说给我们听听?

[沈秀妮低头不响。

同学甲和乙:(一起拉她的胳膊)沈秀妮,为什么不说话啊?你的作文是怎么写的啊?

沈秀妮:(大声地、快速地)我不知道!

[沈秀妮撒腿跑了。

小学厕所　内　日

[沈秀妮跑进厕所,伤心地哭起来。

[哭声凄惨、悲凉的回音,沈秀妮的背影。

沈秀妮卧室　内　夜

[沈家华把沈秀妮的被褥铺好,灌好热水袋。

沈家华:妮妮,来,我们把牛奶和营养液喝了。

沈秀妮:(光着小脚丫上了床)爸爸,今天,我能不喝吗?

沈家华:为什么?

沈秀妮:(将头捂上被子,任性地)我不喝!我要睡觉!

沈家华:(扒下沈秀妮的被子,大声地)要睡觉先把奶喝了!

沈秀妮:(又把被子捂上,蹬着脚)我不喝,我就是不喝!

沈家华：（将被子掀开，露出沈秀妮的小身体）你到底喝不喝？

沈秀妮：（委屈地，强硬地）我就是不喝！

沈家华：（生气地）我欠你的是吗？求着你喝！求着你长身体？你有本事生病了不要和我哭！

沈秀妮：（任性地）我宁可生病也不要喝奶！

沈家华：（气急地）你这不听话的孩子！

〔沈家华朝沈秀妮的身上打过去，沈秀妮大哭起来。

沈家华：（红着眼眶，打沈秀妮的屁股）我让你不喝！让你不喝！

〔沈秀妮越哭越凶。

〔放在床边的牛奶杯被碰到地上，碎了一地。

沈秀妮：（坐在床上，大声地）妈妈——妈妈——我要妈妈——

〔沈家华心如刀割，转身出了房门。沈秀妮哭了一阵后，躲在被子里小声地抽泣。

沈秀妮：（轻声地）妈妈……妈妈……我想妈妈……

〔沈家华拿来扫帚和拖把，默默地收拾残局。

沈家华卧室　内　夜

[沈家华坐在桌前，点上一支烟，缓缓地抽着。昏黄的灯光，吐出的烟雾缭绕在上空。

小学教室　内　日

[林老师拿着考卷进教室。

林老师：（注视台下）同学们，这次的期末考试成绩出来了。现在，我报一下分数。

林老师：（拿起本子）陈玉 94 分，吴小军 92 分……

[沈秀妮低头，脸红红的。

林老师：李丽 98 分……

林老师：（顿顿，看了眼台下的沈秀妮）沈秀妮……70 分……

[全班的同学哗声一片，诧异的目光一齐盯向沈秀妮。沈秀妮把头埋得很低，不敢抬起来。

林老师：现在，我来读一篇吴小军的作文《我的母亲》。我的母亲，是一位长得非常漂亮的母亲。她有一双大眼睛，一头乌黑的长发。母亲对我关怀备至，为我付出了特别多的爱……

［沈秀妮始终低头。

沈家华办公室　内　日

［电话铃响。

沈家华：您好，林老师。（顿时脸色大变）什么？秀妮的作文得了零分？

沈家华：好的好的，等秀妮回家后我好好问问她，谢谢林老师。

［沈家华看着桌前的作业簿，叹气。

沈家华家　内　夜

［饭桌上，沈秀妮耷拉着脑袋吃饭。

沈秀妮：（放下碗）爸爸，我吃好了。

沈家华：（放下碗筷，严肃地）秀妮，把期末试卷拿出来！

［沈秀妮坐在椅子上不动，低头。

沈家华：（大声地）我再说一次，把试卷给我拿出来！

［沈秀妮咬着嘴唇，不动。

沈家华：（拍着桌子）我问你，这次考试，为什么不写作文？白白扣了三十分！

沈秀妮：（嘟嘴）我写不出来！

沈家华：（气地）敢和我嘴硬？你知不知道，这次考试你得了班级倒数第二名，我的脸都被你丢尽了！

沈秀妮：（起身）你们大人就知道脸面，可我就是写不出来！

沈家华：（抬起手想打沈秀妮）你……

　　〔沈秀妮连忙跑进自己房间。

沈家华：（快速跟进来，气呼呼地拿起手）你这孩子，眼里还有没有我这个爸爸？

　　〔沈秀妮赶紧拿手抱住自己的头。

沈家华：（胡乱地翻沈秀妮的书包）试卷呢，试卷呢？

　　〔沈家华把书包倒过来，将书、作业本、铅笔盒全部抖落在地上。

沈秀妮：（哭着上前）你弄乱了我的书包！

沈家华：（拉住她的胳膊）快说，试卷放在哪里了？

沈秀妮：我不给，我不给！

沈家华：（指着她的鼻子）你给不给我？

沈秀妮：（任性地）我就是不给！

沈家华：（扬起手）一记响亮的耳光重重地打在沈秀妮的脸上。

〔沈秀妮哇哇大哭。

〔沈家华气得满房间找试卷，书桌上，抽屉里，柜子里……

〔沈秀妮边哭边坐到床上去。

沈家华：你让开！试卷藏在下面对不对？

沈秀妮：（硬是不起来，哀求地）爸爸……不要……不要……

〔沈家华一把拉起沈秀妮，从枕头底下翻出试卷。

〔沈秀妮战战兢兢地下床，躲到柜子边。

沈家华：（拿着考卷在沈秀妮面前甩着，吼着）这是什么分数？作文得零分，你对得起我吗？对得起你死去的妈妈吗？

〔沈秀妮双手扶着柜子，脸贴在上面，呜呜地哭着。

〔沈家华气急地翻到作文一栏，空白的试卷上写着四个字，"我的母亲"。

〔沈家华惊呆了，抒情音乐响起。

〔沈家华皱眉，眼眶红润了。

沈家华：（转头，上前两步）妮妮……

〔沈秀妮委屈的眼泪夺眶而出。

沈秀妮：（大声地哭）啊——啊——

〔沈秀妮哽咽地转身跑出去。

沈家华：（追出去）妮妮——妮妮——

路上　外　夜

〔沈秀妮流泪奔跑在漆黑、安静的马路上。

沈家华：（骑着自行车焦急地寻找，嘶喊着）妮妮——妮妮——

〔漆黑的马路映衬出沈家华孤独的影子。

〔沈秀妮跑到胡同口，躲在角落里嘤嘤地哭泣着。外面刮着大风，沈秀妮没有穿外套，哆嗦地抱着膝盖。

〔沈家华穿梭几条街，终于找到了沈秀妮。

沈家华：（刹住车，大声地）妮妮——妮妮——

〔沈家华下车，拿着一件外套披在沈秀妮的身上。

沈家华：（红眼，懊悔地）妮妮……爸爸误会你了……爸爸向你道歉……对不起……

〔沈秀妮低头，呜呜地哭着。

沈家华：（心疼地缕缕沈秀妮的头发）其实，妮妮才是全班的最高分，是满分呢，对不对？

沈秀妮：（委屈地）林老师把吴小军的作文当范文在课堂上读了。可我写不出，真的写不出……

〔沈秀妮放声大哭。

沈家华：（心疼地摸沈秀妮的头）妮妮不写是对的，你很诚实。你都没有见过妈妈，怎么写呢，对不对？

沈家华：（红眼）是爸爸错了，爸爸不该怪你。

〔沈家华抱住沈秀妮，搂在怀里。

沈家华：在爸爸心里，妮妮就是100分。事实上，你前面的题目也确实都做对了，应该是满分。

沈秀妮：（嘟着小嘴）爸爸，我想妈妈了……

沈家华：妮妮，你要相信爸爸，妈妈走了，爸爸依旧会对你好，不会丢下你！

沈秀妮：爸爸……

沈家华：（贴着沈秀妮的脑袋，哽咽地）我的好女儿。记住，不管别人怎么说我们、看我们，爸爸始终和你在一起，好不好？

沈秀妮：好！我和爸爸一起！永远都不分开！

〔漆黑的巷子口，两个落寞的影子。

小学　内　日

〔沈家华来到学校，找到沈秀妮的班主任林老师。

〔他俩来到走廊上交谈。

小学教室　内　日

林老师：（郑重地）同学们，老师要和大家纠正一个错误。

林老师：（看看沈秀妮，眼眶微红）这次期末考试的成绩，沈秀妮的分数不是70分，应该是100分。

〔沈秀妮瞪大眼睛，诧异地望着老师。

〔全班哗然一片，同学们看着沈秀妮，交头接耳。

老师：由于老师的疏忽，将沈秀妮后面一张考卷塞在了另外的考卷中。事实上，沈秀妮是满分，是全班的最高分！大家为她鼓掌，以此鼓励！

〔全班响起了热烈、整齐的掌声。

林老师：（红眼）秀妮，你很棒！老师为你感到骄傲！

〔沈秀妮站在那里，红着眼激动地说不出话。

小学　内、外　日

〔（过场镜头）林老师给沈秀妮辅导功课，陪她一起吃饭，送她回家，关怀备至。

路上　外　日

〔城市里大雪飘飘，到处张灯结彩，一副喜庆的景象。

沈家华：（用自行车载着秀妮）妮妮，到了外婆家记得要怎么说吗？

沈秀妮：（点点头）记得！外婆好，哦不，婆婆好，秀妮给婆婆拜早年，祝您新年快乐，万事如意！

沈家华：（笑了）妮妮真乖！

李秀莲母亲家　内　夜

〔沈家华敲开李秀莲母亲家的门。

李建军：（开门）姐夫，你们来了！妮妮啊，有没有想舅舅啊？

沈秀妮：（眨眨眼）想了，舅舅新年好！

李建军：妮妮真乖！快进来！妈！姐夫来了！

〔李秀莲母亲正给李秀莲上香，没理会他们。

李建军妻子：（在厨房做菜，探出头）呦，姐夫来啦！

沈家华：（递上礼品和变形金刚）建军，给家里的年货。这是给壮壮的新年礼物。

李建军：（接着）姐夫，都是自己人，这么客气干嘛。

沈家华：（拍着李建军的肩膀）应该的。

沈家华：（领着沈秀妮上前两步）妈，我把妮妮带来了，来向您问个好！

〔李秀莲母亲不理会，她将香插上，盯着李秀莲的照片出神地看。

〔沈家华耸耸沈秀妮的胳膊。

沈秀妮：（上前一步）婆婆好，妮妮给婆婆拜个早年。祝您新年快乐，万事如意！

李秀莲母亲：（没好气地）我一点都不好，这还没过大年三十，拜什么年？

〔李秀莲母亲不看他们，朝厨房走去。

〔沈秀妮望着婆婆的背影，抬头无辜地看看沈家华。

沈家华：（拍拍妮妮的肩）来，妮妮，我们给妈妈上香。

李秀莲母亲：（从厨房拿着饭菜出来，冷冷地）上完香，就过来吃饭吧。

〔一家人坐下。

李秀莲母亲：（沉着脸举杯）今天是大年二十九，我们一起吃个团圆饭。只可惜，少了秀莲……

李建军：妈……过年了，大家要开心才对。这样，姐姐才会安心呐。

李秀莲母亲：（抹了把泪）来，我们干杯！

［大家把杯举起来。

沈家华：（举起杯，顿了顿）：妈，我祝您身体健康，我干了！

沈秀妮：（看看大家，也举起杯子）妮妮祝婆婆福如东海，寿比南山！

李秀莲母亲：（看了沈秀妮一眼，不理会，一口将酒喝下）大家吃饭吧。

［沈秀妮看见桌上的烤鸡，看看沈家华，撅嘴低头。

李秀莲母亲：（立马拿起鸡腿放进壮壮碗里）壮壮多吃点，要好好补充营养。

［沈秀妮转头望望柜子上给李秀莲上供的菜。

沈秀妮：（轻声地）爸爸，妈妈的碗里还有一个鸡腿。

沈家华：（瞪起眼睛）不许瞎说！那是给你妈妈吃的菜，你不能吃的！

李建军：（赶紧夹大虾放进沈秀妮碗里）来，妮妮吃虾！

李秀莲母亲：（没好气地）秀妮不是容易犯哮喘吗，要少吃虾！

李建军：没事，吃几个虾没关系。舅舅给你剥！

李秀莲母亲：（没好气地放下筷子）万一发了哮喘上了医院，这个责任我们可担不起。大过年的，我可不想搞出这么多事。

　　李建军：妈，瞧您说的。来，姐夫，别客气啊，吃菜！

　　沈家华：（给沈秀妮夹白菜）妮妮，我们吃点蔬菜。

　　〔一家人尴尬地吃着饭。

路上　外　夜

　　〔沈秀妮坐在沈家华的自行车上，耷拉着脸，撅着嘴。

　　沈秀妮：爸爸，婆婆不理我，她不喜欢我。

　　沈家华：（皱眉）婆婆不是不喜欢妮妮，而是想念妮妮的妈妈了。

　　沈秀妮：就是不喜欢我，一点也不喜欢我。偏心！

　　沈家华：（责怪地）妮妮，婆婆是你的长辈，你是小辈。不论长辈说什么，小辈要尊重长辈，知道吗？

　　沈秀妮：（轻轻地）知道了。

　　〔沈家华奋力地骑车，眼眶红红的，头上有了白发。

李秀莲母亲家　内　夜

　　李建军：妈，姐夫和妮妮难得回家一趟，您不该这样的。

　　李秀莲母亲：（生气地坐下）呦，他们来了一趟，你这胳膊肘这么快就往外拐啊？

　　李建军：妈，这姐夫和妮妮都是一家人，什么胳膊肘往外拐？

李秀莲母亲：他们不是我们李家的人，他们姓沈！

李建军：妈！姐夫可是您的亲女婿，妮妮可是您的亲外孙女呐！

李秀莲母亲：（坚决地）我不承认有这样的女婿和外孙女！

李建军：（叹气，看着李秀莲的照片）妈，姐都走了十年了，您还是不肯认他们。

李秀莲母亲：（红了眼眶，大声地）我只要看到秀莲的相片，我就没法认他们！

李建军：妈，为什么您到现在还是不肯原谅姐夫？当初保孩子，是姐姐自己决定的呀！

李秀莲母亲：（抹着泪）我不管谁做的决定，我的女儿没了，沈家华他就是有责任！

李秀莲母亲：（拍着桌子）他是老来得子，当然想留住自己的命根！可他有没想过，他把自己的妻子断送了，也就把我的命根断了！

　　［李秀莲母亲拍着胸脯哭起来。

李建军妻子：（递上纸巾）妈，您天天这么难过，姐姐知道了怎么能安心呢？

李秀莲母亲：（捶着胸口，大声地）失去秀莲我痛啊！痛啊！

李建军妻子：妈，您要接受事实！

李秀莲母亲：（抹泪）我每天看着秀莲的相片，我怎么能不伤心？你看看她，分明就是在怨我。怨我把她生下来，在人世遭了这些罪。秀莲为了个没出世的孩子，把自己的命都搭上了！

李建军妻子：妈，姐夫真的不容易，一人当爹又当娘。为了妮妮，他都没有再成家，都十年了。

李建军：妈，您就是再有怨恨，可孩子是无辜的啊。妮妮生下来就没见过妈妈，她承受了没有母亲的生活。您不该把气往孩子身上撒，妮妮心里该有多难受啊。您说，我们不该对妮妮好一点吗？

李秀莲母亲：（抹着泪）嗨——我可怜的秀莲……我的命怎么那么苦啊……

〔镜头对着柜子上李秀莲的相片，上香的烟缓缓地飘着、飘着。

沈家琪家　内　夜

〔大年三十，全家人聚在沈家琪家吃团圆饭，饭桌上摆着丰盛的菜肴。

〔沈秀妮看见烤鸡，嘴巴抿了抿。

〔沈家琪拿起鸡腿想要放进沈秀妮碗里。

〔沈家华母亲立马夺过沈家琪手里的鸡腿，递到沈家琪的儿子震震的碗里。

沈家华母亲：（笑笑）震震在上大学，最应该补营养！

〔沈家琪愣愣，对沈秀妮笑笑，又准备拿另一个鸡腿给秀妮。

〔沈家华母亲把另一个鸡腿放在沈家强女儿花花的碗里。

沈家华母亲：花花上中学，正是长身体的时候。

沈家琪：（放下碗筷，责怪地）妈——

沈家华母亲：（不看她，招呼大家）大家多吃点，多吃点！

沈家华弟媳：（夹了牛肉放进沈秀妮碗里）妮妮乖，这是婶子亲手烧的土豆炖牛肉，可香了。

［沈秀妮不响，也不动筷。

［沈家华将鱼肉夹到自己碗里，把肉里的刺一根根去掉，放进沈秀妮碗里。

沈家华母亲：（瞟了眼，没好气地）这孩子都多大了，怎么还要帮着弄菜？

沈家华：（笑笑）妈，这鱼刺太多。

沈家华母亲：（讽刺地）你从小就怕吃鱼，现在帮女儿挑起鱼刺来，那是一点都不嫌麻烦了噢。

沈家华：（勉强笑笑）小孩子嘛，都怕鱼刺。

［大家围坐在电视机前看春节联欢晚会，外边鞭炮声此起彼伏。

［沈家华母亲拿来三个红包，分别递给震震、花花和沈秀妮。

震震：（拿出压岁钱）哇！我有两百块！

花花：（拿出压岁钱）我只有一百块，为什么我比哥哥的少？

沈家华母亲：因为震震读大学了呀！你在读中学，哥哥当然比你拿的多。

花花：奶奶，那我读大学了也会有两百块压岁钱吗？

沈家华母亲：（摸花花的头）当然啦，等花花考上大学，奶奶一定多给你压岁钱！

〔沈秀妮慢慢地从红包中拿出压岁钱，只有二十块。

〔沈秀妮耷拉着脸，孤独地站在一边。

震震：（上前）妮妮，我有两百块，给你一百块吧。

〔沈秀妮低头。

沈家华母亲：（上前阻止）震震，这是婆婆给你的压岁钱，你怎么能随便给别人呢？

震震：妮妮又不是别人，她拿的压岁钱最少，只有二十块！

沈家华母亲：（忙着帮震震收起压岁钱）妮妮在家中最小，她还是个小学生，当然拿的最少了。

〔沈秀妮不发话，将红包紧紧拽在背后。

路上　外　夜

〔沈家华用自行车载沈秀妮回家。

〔空旷的街道，鞭炮声一阵接一阵，两人的背影在灯光的映衬下显得格外孤单。

沈家华：（红眼）妮妮，爸爸在你的枕头底下放了压岁钱。今晚，你要许个愿，然后枕着压岁钱睡觉。

〔沈秀妮点点头，不语。

沈家华家　内　夜

〔沈秀妮回房间，从枕头底下看见一个大红包。她打开一看，里面有两张崭新的百元大钞。她将钱放在枕头下，上床闭上眼，双手合什许愿。

〔沈家华在门口默默地看着沈秀妮的背影。

沈家华家　内　日

〔厨房里，锅上盖着盖子，沈家华正在煮东西。

沈秀妮：（跑进厨房）爸爸，你在做什么，这么香？

沈家华：（神秘地笑笑）今天大年初一，爸爸好好犒劳犒劳妮妮。

〔沈家华打开锅盖，锅里煮着一锅红烧鸡腿，正在咕噜咕噜地沸腾着。

沈秀妮：爸爸，是鸡腿？

沈家华：（摸着沈秀妮的脑袋）对啊，妮妮喜不喜欢啊？

〔沈秀妮点点头。

〔饭桌上，放着一碗热气腾腾的红烧鸡腿。

沈家华：（往沈秀妮碗里夹鸡腿）爸爸知道妮妮最爱吃鸡腿，早上跑了好几个菜场才买到。来，尝尝爸爸的手艺！

〔沈秀妮拿过一个鸡腿啃起来。

沈家华：妮妮，好不好吃？

沈秀妮：好吃。

沈秀妮：（吃完一个，将骨头放在桌上）爸爸，你怎么不吃？

〔沈家华（捡起剩骨头）妮妮这骨头没啃干净呢。

沈秀妮：（夹过一个鸡腿放进沈家华碗里）爸爸吃！

沈家华：（把鸡腿夹回沈秀妮碗里）妮妮吃，爸爸不爱吃，爸爸就喜欢吃妮妮吃剩下的。

沈秀妮：为什么？

沈家华：妮妮从小到大，爸爸都是吃妮妮吃剩下的，已经习惯了，改不掉了。

〔沈家华拿起鸡骨头啃起来。

〔沈秀妮默不作声地往嘴里扒菜。

沈家华家　内　夜

〔一天，夜深，沈家华在房间批改学生作业。

〔沈秀妮躺在床上不停地咳嗽，喘得厉害。

沈秀妮：（喘着大气，呼吸困难地）爸爸……我难受……呼吸不了了……

沈家华：（脸色大变）哟，该不会是哮喘发了吧。走，爸爸背你上医院！

路上 外 夜

沈家华：（把沈秀妮抱上自行车，着急地）妮妮，坚持一下啊，爸爸送你去医院！

〔沈家华踩着自行车往前赶，路上没有行人，只有自行车声和沈秀妮的喘气声。

医院急诊室 内 夜

医生：（为沈秀妮检查一番）孩子得的是支气管哮喘，得住院观察治疗。

医院病房 内 日

〔沈秀妮躺在病床上，挂盐水。

〔沈家华拿着病历、药方和药从医院的一楼跑到四楼，又从这幢楼跑到那幢楼。

〔病房里，沈家华拿着热水瓶打水，拿饭盒打饭，给沈秀妮擦脸、洗脚……

病友：妮妮，你爸爸真好，看把你照顾得这么细致。你妈妈呢？

沈家华:（抢先）她妈妈出差了。

沈家琪:（匆匆赶来）哥，我来了！你快去学校吧，别耽误了上课！

沈家华:（嘱咐一番）这是妮妮的药，这是她喝的水，盐水快没了叫护士，脸盆和便盆在床底下。有什么情况，打我学校电话！

沈家琪:我知道了，你快去吧！

沈家华:（摸摸秀妮的脑门）妮妮乖，要听姑姑的话。爸爸走了，下班就来！

〔沈家华穿过走廊，不时地往透明玻璃窗里看沈秀妮。

〔沈秀妮歪着头，和沈家华招手。

路上　内、外　夜

〔沈家华下班回家，做饭菜，用保温瓶装好。

〔沈家华骑着车，顶着大雪往前赶。

医院病房　内　夜

〔沈家华湿着头发走进病房。

沈家华:家琪，辛苦了，赶紧回去吧。妈和孩子都等着你呢！

沈家琪:（拿包）哥，我明天再来。

沈家华:（打开保温瓶）明天你不用来了，我向学校请一天假。

沈家琪:那怎么行，耽误了工作可不好。

沈家琪:（心疼地看着沈家华）哥，你别把自己的身子累坏了。我空了就过来，妮妮，姑姑走了。

沈秀妮:姑姑再见!

沈家琪:哎，妮妮乖。

〔沈家琪走出病房，在透明玻璃前看着沈家华喂沈秀妮吃饭，红了眼眶。

沈秀妮:爸爸，我吃饱了。

沈家华·妮妮，医院的饭菜怎么样!

沈秀妮:（用手指指桌上的剩菜剩饭）很难吃，米饭很硬。

〔沈家华看看，拿起沈秀妮的剩饭吃起来。

沈秀妮:爸爸，这是凉的，要吃坏的。

沈家华:有什么关系，房里那么暖和。再说了，爸爸的嘴巴是热的，吃进去马上就热了呀。

沈秀妮:（看着沈家华）爸爸，你的头发湿了，我拿毛巾帮你擦擦。

沈家华:（一转身）不用，我头发短，一会就被体温烘干了。你是病人，给我好好躺着。

〔沈家华来到病房走廊上，靠在墙上吃起饭来。

〔沈秀妮看着玻璃窗外的父亲，红了眼眶。

医院病房　内　日

〔（过场镜头）沈家华帮沈秀妮量体温、喂饭、喂药、讲故事……

〔沈家华咳嗽着，时不时地哆嗦着。

〔午睡时，他趴在沈秀妮的床沿边。咳嗽厉害，他来到阳台上。寒冷的风吹在沈家华的脸上，他边咳嗽边吐出阵阵浓浓的寒气。

路上　外　日

〔又一年冬天，车轮划过的痕迹，车轮和腿部踩踏的特写。

〔沈家华载着沈秀妮（青少年）。沈秀妮侧身坐在自行车后座，两腿来回晃荡着。

沈秀妮：（埋怨地）爸，我都上初一了，你怎么还要送我上学？被同学看到会笑话我的！

沈家华：（转过头，笑笑）今天你起晚了，自己去学校肯定来不及。爸爸送你送习惯了。

沈秀妮：那你给我买辆自行车呗，这样你就不用送我了，也不会让同学看笑话了。班里的同学都有自行车，就我还没有。

沈家华：花花姐姐不是有一辆嘛，她住校了，到时候把她的给你骑。

沈秀妮：（撅嘴）花花姐姐的车是旧的，我才不要旧车。我想要辆山地车，爸爸给我买吧！

沈家华：山地车可不便宜呢！与其把钱用在工具上，不如把钱用在给你买吃的上。你吃得好，身体好，比什么都强！

沈秀妮：（不高兴）吃能吃多少啊，我的胃就这么点大。难道，爸爸想一辈子用自行车送我上学吗？

沈家华：（笑笑）要是可以，我还真想一辈子送你上学呢！就让爸爸再送送吧，以后，那是真的没机会送了。我要送，你都不肯，是不是？

沈秀妮：（捶捶沈家华的背）爸爸真小气！

沈秀妮：（拍拍沈家华）爸爸快停车！

沈秀妮：（跳下车）我自己走进去吧，同学们都看到了。

沈家华：（拍拍座椅）好好，爸爸送你上学给你丢脸了是吧？

沈秀妮：（不耐烦地）爸爸你真啰嗦，我进去了！

〔沈秀妮和三两同学进了校门，沈家华手扶自行车笑着注视沈秀妮往校园里走去。

中学　内　日

〔放学时，沈秀妮上洗手间，发现内裤上有血迹。她吓了一跳，想哭又不敢哭。

〔沈秀妮拿卫生纸垫上。

同学：沈秀妮，一起走吧。

沈秀妮：（红着脸低头）不了，今天我去姑姑家！

〔沈秀妮背起书包快速地走出教室。

沈家琪家 内 夜

[沈秀妮害羞地进沈家琪的家。

沈秀妮 :（低头，轻轻地）姑姑，我流血了!

沈家琪 :（一惊）什么? 哪里流血了?

沈秀妮 : 内裤上。

沈家琪 :（恍然大悟，拉过秀妮）快，跟我进卫生间!

沈家琪 :（笑着走出来）妮妮，恭喜你成大姑娘了!

沈秀妮 :（懵懂地）姑姑，这样就是大姑娘了呀?

沈家琪 :（笑着摸她的头）是啊，你来例假了，说明你已经从小女孩变成大姑娘了!

沈家琪 :（拿来两包卫生巾递给秀妮）妮妮，这是卫生巾，记得换。记住了，来例假这几天，不要吃冷的和刺激性的东西，要注意保暖。知道吗?

[沈秀妮拿着卫生巾点点头。
[沈家华来接沈秀妮。

沈家琪 :（凑上前悄悄地）哥，秀妮是大姑娘了。

沈家华 :（笑了）真的?

沈家琪 : 今天在学校来的例假。

[沈家华拉过沈秀妮，沈秀妮害羞地将手上的卫生巾塞到身后。

沈家华：妮妮，恭喜你成为大姑娘了！

沈秀妮：（撅嘴）爸，你不说行不行？

沈家华：（笑了）好好，我不说不说。

沈家华家　内　夜

〔沈秀妮将卫生巾放在柜子里，躺在床上，心里一阵紧张。

沈秀妮：（自言自语地）我是大姑娘了？我是大姑娘了？

〔沈秀妮将脸捂上被子，不好意思起来。

〔沈秀妮想起弄脏的裤子还没洗，冻着身子来到卫生间，看见沈家华正弓着身为自己洗衣服。

沈秀妮：（红着脸上前）爸爸，我自己来洗吧。

沈家华：（推搡沈秀妮）这水太凉，你不能碰。快上床睡觉，别冻着。爸爸一会就好。

〔沈秀妮不好意思地走出去。她回头伏在门边看沈家华的背影。

沈家华家　内　日

〔卫生间的垃圾桶里，全是沈秀妮的卫生巾垃圾。

〔沈家华打扫卫生时，亲手将垃圾整理掉。

中学教室　内　日

［初一（2）班的特写。

［课间休息，沈秀妮与同学讨论流行音乐。

同学甲：秀妮，最近又出了很多好听的歌！

沈秀妮：（兴奋地）是吗？太好了！

同学乙：放学后，我们去音像店买磁带吧！

沈秀妮：（想了想）我最近的零用钱不够。

同学乙：没事啊，我爸妈给得多，我先借你。

沈秀妮：（想了想）那就先谢谢啦！

音像店　外　日

［沈秀妮和同学甲、乙在音像店，兴奋地挑起磁带来。

沈家华家　内　夜

［沈秀妮房间里的墙壁上贴着歌星的大幅海报。

［沈秀妮偷偷将磁带从书包里拿出来，塞进书桌的抽屉里。

［桌上的闹钟指向晚上八点。

沈家华：（穿外衣）妮妮，你好好复习功课，爸爸去家访。十点整，你洗漱上床睡觉，不许看电视，知道吗？

沈秀妮：（假装看书）知道了，爸爸，我正背英语单词呢！

[沈家华一出门，沈秀妮立马从抽屉里拿出那两盘新磁带，放进录音机，随着旋律哼唱起来。

[沈秀妮边唱边来到镜子前，拿着可乐瓶，手舞足蹈，一副大歌星的模样。

[十点，沈家华开门进来，沈秀妮赶紧关掉录音机。

沈家华：功课复习好了没？

沈秀妮：好了。对了爸爸，明天学校要交书本费，三十块。

沈家华：又要交了？

沈秀妮：（上床）是啊，课外读物。

[沈家华将三十元钱放在桌上。

沈家华家　内　夜

[沈秀妮放下书包，按下录音机按钮，认真地练起歌来。

沈家华：（拎着菜走进厨房）妮妮，你不做作业，在那儿鬼哭狼嚎什么？

沈秀妮：（进厨房，手里拿着歌词）爸，什么鬼哭狼嚎啊，我在练歌！

沈家华：（做菜）你成天不好好看书，就知道听音乐！作业做了吗？

沈秀妮：（嘟着嘴，靠着墙）在学校就做完了。爸，告诉你，我要参加学校的文艺汇演啦！还要评奖呢！

沈家华：（皱眉，回头）什么，你要参加文艺汇演？这眼看着都快期末考试了，你怎么还有心思想别的？

沈秀妮：是全班同学一致推荐我的，老师也同意了！（头靠在墙上笑着）这一次，我要唱首难度很高的歌，所以要好好练习，争取为班里拿个好成绩！

沈家华：（没好气地）我警告你啊，如果你耽误学习和考试，我就和你们班主任说，不让你参加演出！

沈秀妮：（上前，拉着家华）爸，我不会耽误功课的，你放心吧！

［沈秀妮闭着眼，耳里塞着耳机，哼唱着旋律。

［沈家华在门口看着，无奈地摇摇头。

中学　外　日

［（过长镜头）沈秀妮在课间、午休时间、放学后，走到哪里，都不放过任何一个可以练歌的机会。

中学礼堂　内　日

［"南京市某中学文艺汇报演出"的横幅特写。

［台下坐着老师和同学，一片热闹的景象。

主持人：（上台报幕）尊敬的老师们、同学们，你们好！一年一度的文艺汇演又和大家见面了！……

〔台下响起一片掌声。

〔沈秀妮走到后台，手攥得紧紧的。

主持人：看过了这么精彩的舞蹈，接下来，有请初一（2）班的沈秀妮同学，为我们带来一曲《如果云知道》，大家掌声欢迎！

〔台下响起热烈的掌声。

〔抒情的音乐响起来，沈秀妮走到台前。

沈秀妮：（深情地）爱一旦结冰，一切都好平静……如果云知道，想你的夜慢慢熬……

〔沈秀妮空灵的歌声伴着抒情的旋律，传遍了整个礼堂。

〔上半首结束，沈秀妮慢慢转身，眼眶红了。沈秀妮想到辛劳的父亲，想到死去的母亲，想到善良的姑姑，想到了偏心的奶奶和冷漠的外婆……

〔沈秀妮转身，抒情地唱起来，眼里泪光闪闪。

主持人：（拿着获奖名单走上来）获得本次文艺汇演第三名的是，初三（6）班的集体舞蹈《青春》！

〔台下响起掌声。

主持人：获得本次文艺汇演第二名的是：初一（2）班沈秀妮的歌曲《如果云知道》！

〔台下响起热烈的掌声。

主持人：下面，请获得一、二、三等奖的同学上台领奖！

〔沈秀妮开心地上台接受奖状和奖品。
〔回到教室，同学们相拥在沈秀妮身边。

同学：（激动地）秀妮，你真棒！

沈家华家　内　夜

〔沈家华进家门，沈秀妮手拿奖状上前。

沈秀妮：（兴奋地）当当当当！爸爸，我获奖了，二等奖呢！

沈家华：可惜不是学习奖！爸爸告诉过你，不准落下功课。从现在开始，禁止一切娱乐活动，安心准备期末考试！

沈秀妮：（撅嘴）爸爸，我获奖了你都不开心？全班同学都以我为骄傲呢！

沈家华：爸爸不是不开心，你获奖了，说明你有实力。但爸爸更希望你把心思放在学业上，考出好成绩才是重点，知道吗？

沈秀妮：（耷拉着脑袋，拿着奖状走出去）知道了！

沈家华家　内　夜

〔夜晚，沈秀妮坐在桌前，沈家华督促一旁，帮助沈秀妮默写英文单词。

〔沈秀妮直打哈欠。

路上　外　夜

〔沈家华骑自行车回家,回想着在学校开家长会的情景,眼眶泛红。

班主任陈老师：沈秀妮爸爸,这次考试她没有考好。平时上课开小差,老望着窗户出神。学业上偏科厉害,只喜欢语文和音乐。秀妮热爱文艺,我们是鼓励和提倡的。可她太过痴迷,上课和自习时,都会不知不觉地哼唱起来,害得好多同学都跟风向她学。我希望家长在教育孩子时,能分清学业和娱乐的主次关系。初中三年很关键,一定要引起重视。

沈家华家　内　夜

〔沈家华一进门,看见沈秀妮正在看电视。

沈家华：（气得关掉电视机,拉过沈秀妮）谁让你看电视的,给我过来!

〔沈家华走进房间,从沈秀妮的书包里翻出成绩单。

沈秀妮：爸,你怎么翻我的书包?
沈家华：（手里拿着成绩单,生气地）我是你爸,还不能查看你的东西？

沈家华：（将成绩单放在桌上，拍桌子）你看看，这是什么成绩？数学和物理挂红灯！语文只考了71，英语68？我平时没有辅导你功课吗？你就用这种成绩来回报我？

[沈秀妮站在那里，低着头。

沈家华：（生气地）我问你，上课为什么不用心听讲？居然还哼歌！你把课堂当什么？把老师当什么？你把同学都带坏了！我的脸都被你丢尽了！

沈秀妮：（任性地）我就是喜欢唱歌，我就是讨厌考试！

沈家华：（抬起手）你还敢和我犟嘴？你再犟一句试试？

沈秀妮：我喜欢音乐有什么错？喜欢唱歌又不是见不得人！

沈家华：你是个学生，唱歌只能作为兴趣，不能成为你的主要大事！你现在不好好读书，以后怎么升高中，怎么考大学！

沈秀妮：（来回走动）上学上学上学，考试考试考试！我就不能有点自己的爱好？

沈家华：（指着沈秀妮，大声地）你还要和我顶嘴是不是？我问你，好几次说要交书本费，你说实话，学校到底有没有交？

沈秀妮：（低头）交了。

沈家华：（气急地）你再说一次，到底有没有交？

沈秀妮：交了。

沈家华：（一个耳光打在沈秀妮脸上）你竟敢和我撒谎！

[沈秀妮瞪着沈家华，捂着脸，眼泪纷纷掉下。

〔沈家华气冲冲地翻看沈秀妮的抽屉，从中搜出了好多磁带。

沈家华：（拿着磁带）好啊，原来你拿着我的钱去买磁带了，是不是？

沈秀妮：（哭着）有些磁带是向同学借的。

沈家华：我和姑姑给你的钱你就这么花掉了，是不是？

沈家华：（将磁带全部翻出，堆了满地）我让你听，让你听！就是这些狗屁的音乐，把你搞得学生不像学生！

沈秀妮：（上前跪在地上，拉住沈家华）爸爸！我求求你，别弄坏我的磁带！求求你了！

沈家华：我不理干净你的磁带，你就不会好好学习！

沈秀妮：（求饶着）爸爸，我答应你，一定好好学习！争取把成绩拉上去！你别弄坏我的东西，求你了！

沈家华：（红着眼）这可是你说的，好好学习？

沈秀妮：（点点头）是我说的，我答应你，一定认真努力学习！

沈家华：（用手指着沈秀妮）好，我就信你一次，给你一次机会！如果你再不好好学习，还要继续混日子的话，我不管你这些磁带是借的还是买的，通通给你烧掉！我说到做到！

〔沈秀妮使劲点点头。

沈家华：（扶着腰站起来）我已经五十多岁了，一生气血压就要高。你要是不想看到我有事，就乖一点！把房间整理干净，洗漱睡觉！

沈秀妮：（跪在地上，抽泣地）知道了，爸爸！对不起！

中学　内　日

〔又一年大雪纷飞。

〔沈家华披着雨衣骑车赶往沈秀妮的学校。

〔沈家华来到教室门口，里面传来同学们阵阵的早自习朗读声，初三（2）班的特写。

〔沈家华在门口张望着。

班主任陈老师：沈秀妮同学，你出来一下，你爸爸来了！

沈秀妮：（走出去，皱着眉）爸爸，你怎么到学校来了？

〔沈家华披着雨衣站在门口，手里拿着保温杯、鸡蛋和面包。

沈家华：妮妮，你早餐都忘记带了，快拿着，一会自习结束了赶紧把它吃了！

沈秀妮：（没好气地接过早餐）爸，以后别给我送早餐了。我都是毕业班了，你老来送东西，同学们看到要笑话我的！

沈家华：谁让你不带早饭的，这样爸爸怎么放心？记得把牛奶喝了！

沈秀妮：（不耐烦地推搡）哎呀，知道了知道了，下次记得就是了。你快走吧！

〔沈秀妮进教室，沈家华仍停留在教室门口看沈秀妮。

〔自习结束，沈秀妮将面包吃了，把鸡蛋放在书包里。她打开保温杯，喝了两口牛奶，又把它盖上。

〔放学后，沈秀妮背起书包。想起保温杯里还有没喝完的牛奶，走到洗手间，将牛奶倒在水池里，冲干净后将保温杯放回书包。

沈家华家　内　日

〔沈家华冻着身子给沈秀妮准备早餐，将煮好的鸡蛋、面包，热好的牛奶放在桌上。

〔沈秀妮到楼下，将书包放在自行车的前篓里。

〔沈秀妮在书包外侧摸到一个硬物，打开一看，是一只发臭的鸡蛋。她想起，原来是前些天沈家华给自己送来的鸡蛋，随便一塞就放了这么多天。

〔沈秀妮正想拿起鸡蛋扔进楼下的垃圾箱里，又抬头看看楼上的窗户，直接骑上车走了。

路上　外　日

〔沈秀妮骑着自行车来到学校附近，看见一个垃圾桶。

〔她停下，从书包里拿出那个臭鸡蛋，向垃圾桶的方向狠狠地丢了过去，骑车扬长而去。

中学　内　日

〔沈秀妮将面包吃了，把鸡蛋放在课桌上。

男同学甲：（走过来）沈秀妮，这是你的早饭啊？

沈秀妮：嗯，这是多出来的。

男同学甲：那要不给我吃吧，我早饭没吃。

沈秀妮：（低头看歌词）好啊，你拿去吃吧。

男同学甲：（拿过桌上的鸡蛋）那谢谢你了。

［沈秀妮和同学走进教室，发现男同学甲和乙将鸡蛋当抛物球互相传来传去，然后又把鸡蛋放在地上，轻轻地从这头踢到那头。

沈秀妮：（生气地上前）你们在干什么？

同学乙：（边玩边笑）我们在玩踢鸡蛋呐！

沈秀妮：（大声地）这是我的鸡蛋！

同学甲：（笑着）你已经把鸡蛋送给我了。

沈秀妮：（怒斥地）我送给你是让你吃的，不是让你当球踢的！

同学甲：（踢着球）你都送给我了，管我是用来吃的还是踢的！

沈秀妮：（不服气）这是我的鸡蛋，我就要管！

同学乙：沈秀妮，你管得还真多。不就是一个破鸡蛋么，至于这么大惊小怪的！

［沈秀妮的眼眶红了，她想到沈家华每天天不亮起床为自己煮鸡蛋的情景，现在被同学当靶子在玩，一阵心酸，又伤心又生气。

沈秀妮：（上前，蹲下身去捡鸡蛋）你们把鸡蛋还给我！

同学甲：沈秀妮，你不会为了一个鸡蛋这么小气吧？

沈秀妮：我就小气了怎么了，你们把鸡蛋还给我！

同学乙：（挑衅）我就不还给你，就不给你，看你怎么办！

［同学乙把鸡蛋踢向同学甲。

［沈秀妮又跑到同学甲身边，蹲下身去捡。甲又踢给乙。

［同学乙用脚按住，用力往下一踩，用脚尖踝了踝。

沈秀妮：（大声地）啊——你踩碎了我的鸡蛋！

同学乙：（挑衅地左右摇晃脑袋，吐吐舌头）我就踩碎了，你拿我怎么办？

［沈秀妮蹲下身，眼泪滴在破碎的鸡蛋上。蛋壳、蛋白、蛋黄被踝得粉碎的样了。

同学甲：一个破鸡蛋，至于吗你！

同学乙：（讽刺地）哈哈哈……你要是这么喜欢吃鸡蛋，我让我妈明天给你煮一筐来，吃到你撑为止，哈哈哈哈……

［沈秀妮起身，猛地朝同学乙身上撞过去。

同学乙：（往后退了几步，差点摔倒）沈秀妮，你敢撞我？

沈秀妮：（气急地）我就撞你了，怎么样！

同学乙：（走上前，指着她的鼻子）沈秀妮，你别敬酒不吃吃罚酒！

沈秀妮：是你们太过分了！

同学乙：（气急地）好，你别怪我不客气！（他向周围一喊）同学们，你们都过来呀！

[三三两两的同学围了上来。

同学乙：（扯着嗓子）我告诉你们，沈秀妮是个野孩子，她是个没妈的孩子！

沈秀妮：（眼泪涌了上来）你说什么？你再说一次！

同学乙：（高傲地仰起头）我说的可是实话！你就是个没妈的孩子，你妈早就死了！我妈和你爸在同一个单位，我妈让我不要把你的秘密说出来！现在你这么不给我面子，那我也就不给你留情面了！

沈秀妮：（眼泪掉下，冲上前大声地）混蛋！我他妈的跟你拼了！

同学乙：（挑衅地）你别他妈的了，你压根就没妈！你根本没资格骂我！

[沈秀妮揪着同学乙的衣服、头发、脸部猛打。

沈秀妮：我打死你，打死你！我撕烂你这张臭嘴！

[同学乙与秀妮扭打起来，整个教室一片闹哄哄的景象。

同学：老师来了！

班主任：（大声地）你们在干什么？郑波，你给我住手！

沈秀妮：（头发蓬乱，哭着抹脸，指着同学乙）陈老师，郑波砸烂我的鸡蛋，还侮辱我！

同学乙：陈老师，沈秀妮打我！

陈老师：像什么样子！郑波，沈秀妮，明天你们两个各交一份检查给我！

〔同学围成一圈，郑波和沈秀妮站在两边对峙着。

沈家华家　　内　夜

〔沈秀妮在家中写检查，委屈地落泪，眼泪滴在白色的稿纸上。

沈家华：（气冲冲地进房间）沈秀妮，你怎么回事？居然和男同学打起架来？你真是个野孩子！

沈秀妮：（放下笔，起身）对！我就是野孩子！我还是个没妈的孩子！怎么样？

沈家华：（拿起手）你……你不把我气死你不舒坦是不是？

沈秀妮：怎么？又想用你拿教鞭的手打我是不是？

沈家华：（红着眼）我还真是想打你！我想打醒你！

沈秀妮：（委屈地大声地）我在学校让同学侮辱、让同学打，回家还要受你的骂、你的打！凭什么？凭什么？

沈家华：（气急地颤抖着手，指着沈秀妮）我沈家华就是平时太惯着你，对你打得太少了！我辛辛苦苦供你吃穿，供你读书。现在你长大了，喉咙响了，就想造反了，是不是？

沈秀妮：你每次一生气除了说这些，有没有点新鲜的！

沈家华：你……你这个不识好歹的东西！

〔沈家华一抬手，一巴掌打在沈秀妮的脸上。

沈秀妮：（捂脸，哭着）你们都讨厌我，都要打我！那我消失好了！

〔沈秀妮往门口跑去。

沈家华:(指着沈秀妮的后背)你有本事从这扇门出去,就别再进来!

〔沈秀妮头也不回地走出去。

沈家华:(气得捂住胸口)这倒霉孩子,想要气死我这把老骨头!

〔沈秀妮哭着跑下楼,骑上车奋力地往前行驶。
〔电话铃声响起,沈家华接起。

沈家华:噢,你好,是杨老师啊。
电话那头:沈老师,真对不起啊。我儿子郑波,承认是他先犯的错……

〔沈家华脸上表情突变。
〔沈家华缓缓地挂掉电话,红了眼眶。
〔沈家华走到写字桌前,拿起沈秀妮写完的检查书。
〔沈家华走出家门,骑上自行车寻找沈秀妮。

沈家华:妮妮,妮妮……

路上 外 夜

〔沈秀妮坐在小时候坐的那条胡同口的阶梯上,旁边停着自行车。

沈家华：（停下车）妮妮！妮妮！

沈秀妮：（抱着膝盖，哭着）爸，你回去吧！我既然已经走出了那个家，就没想着再回去！

沈家华：傻孩子，你不回家能去哪儿呀？

沈秀妮：（委屈地大声地）我能去哪儿呀，我还能去哪儿呀！我就是一个没人疼没人爱的倒霉虫！我就是个无家可归的野孩子！我活该被人打、活该被人骂！呜呜呜……

沈家华：（坐在沈秀妮身边，抱住她）妮妮，你有家，有爸爸，爸爸疼你！

沈秀妮：爸爸已经不爱我了，不要我了！

沈家华：（贴着沈秀妮的脸）爸爸要你，爸爸最爱妮妮！对不起，是爸爸误会你。爸爸向你道歉！

沈秀妮：（慢慢转过脸，哽咽地）爸爸，是郑波他们把你给我的鸡蛋拿来当球踢，还踩在地上。他不尊重鸡蛋，就是不尊重你，不尊重你的劳动，我不能让他这么糟蹋！他还侮辱我，说我是个没妈的野孩子，当着全班同学的面！

〔沈秀妮趴在沈家华的肩膀上痛哭。

沈秀妮：我没脸去学校了，所有同学都知道我是个没妈的孩子了！

沈家华：（抱着沈秀妮，红眼）妮妮，是爸爸对不住你，爸爸对不住你啊！

沈秀妮：爸，我想妈妈，我想妈妈……

〔昏暗的灯光照在父女身上，旁边，停着两辆大小不一的自行车。

中学教室　内　日

老师：（上讲台，严肃地）现在，请郑波同学向沈秀妮同学道歉。

［沈秀妮的脸红了，眼眶泛红。

郑波：（起身）我向沈秀妮同学诚恳地道歉。我的语言和行为，给对方造成了很大的伤害和影响，我感到非常难过。请沈秀妮看在同学一场的份上，接受我的道歉。对不起……

［沈秀妮的眼泪唰唰唰地掉下来。

沈家华家　内　夜

［饭桌上，摆着一碗红烧鱼。

沈秀妮：爸爸，怎么又是红烧鱼？
沈家华：（挑着鱼刺）吃鱼聪明啊。来，妮妮多吃点！
沈秀妮：（夹着鱼肉放进嘴里）爸爸，你把没刺的鱼都给我了，你吃什么呀？

［他把鱼骨头夹到自己碗里，小心翼翼地抿起鱼刺来。

沈秀妮：这全是刺，你怎么吃啊？
沈家华：你别管我，管自己！

沈秀妮：（往嘴里送菜）爸爸，快期末考试了，老师要我们交补习费，想给我们补补课。

〔沈家华点点头，刚想回答，突然脸色大变。

沈秀妮：（惊慌地）爸，你怎么了？是不是鱼刺卡住了？

〔沈家华闭眼，摇摇手，示意沈秀妮吃饭。他吃了两口饭，又喝了两口汤，往下咽了咽。不见好，他走到厕所里，试图吐出鱼刺。

沈秀妮：（走到厕所门口）爸爸，爸爸，你没事吧？
沈家华：（背着沈秀妮摆摆手）别管我，去吃饭！

〔沈家华跑到厨房倒了醋喝，顿时脸色发白，头上直冒汗。沈家华拿碗做做样子，示意沈秀妮给他盛饭。

沈秀妮：（吓得哭着盛饭）爸爸，爸爸，你会没事的，你会没事的！

〔沈家华使劲吃下两口，紧紧皱眉，闭眼往下吞。

沈秀妮：怎么样？爸爸？鱼刺下去了吗？
沈家华：（摆摆手，用沙哑的声音）别管我，管你自己！
沈秀妮：（打电话）姑姑，姑姑，爸爸被鱼刺卡住了……
沈家华：别打电话！别打……

医院急诊室　内　夜

〔沈家华在手术室里动小小的手术。

〔沈家琪和丈夫、母亲在门口焦急地等待，沈秀妮吓得呜呜哭着，沈家琪上前抱住她。

沈家华母亲：（没好气地）我说妮妮啊，你都十五岁了，怎么吃饭还要爸爸给你亲手包办啊？你明明知道爸爸不会吃鱼，为什么还要把鱼骨头给他吃？

沈秀妮：爸爸说把鱼肉给我吃，他吃鱼骨头。我给他吃鱼肉，他不要。

沈家琪：（劝着）妈，这怪不着妮妮，您别说孩子了！

沈家华母亲：（带着哭腔）怎么怪不着，要不是为了她，家华哪会受这么多罪！家华就是因为秀莲走得……

沈家琪：（劝阻）妈，您少说两句行不行？

沈家华母亲：你哥啊，一辈子就是劳碌命。都是五十五岁的人了，还要照顾一个十五岁的孩子！

〔沈秀妮委屈地站在一边哭泣，沈家琪挽着她的胳膊安慰。

〔手术结束，沈家华走出来。

众人：（拥了上去）家华，怎么样？没事了吧？

沈家华：（摇摇头）别紧张，没事。就是吃些消炎药，怕喉咙发炎化脓。走，我们回家。

　［沈家华母亲没好气地看一眼沈秀妮。

　［一家人披着月光走出医院。

沈家华家　　内　　日

　［沈秀妮在房间里做作业，沈家华在厨房做菜。

沈秀妮：（闻着味道走进厨房）爸，你在做什么啊？

沈家华：（笑着打开锅盖）你又要期末考试了，爸爸给你补补营养。

　［沈秀妮一看，一锅红烧鸡腿。

沈秀妮：（皱眉）怎么又是红烧鸡腿啊。

沈家华：怎么，你小时候最喜欢吃的就是鸡腿了。

沈秀妮：（走到客厅，坐在沙发上，厌烦地）那是小时候！现在家里吃，学校吃，年年吃，月月吃，就差天天吃了！腻不腻啊？

沈家华：（失望地关掉火，看着鸡腿，红了眼）你不吃，我吃！

　［沈家华将一碗鸡腿放在桌上，热气腾腾。

　［沈秀妮吃着其他菜，看着鸡腿没一点食欲。

沈家华：（慢慢拿起一个鸡腿，看着）你小时候，一个鸡腿就是你眼里的宝！现在，鸡腿就是你眼里的草！一碗鸡腿，就是一堆草！

沈家华：（红着眼眶，摇摇头）不值钱了，不值钱了……

〔沈家华默默将鸡腿放进嘴里，啃起来。他一口口吃着，忍着眼泪。

〔沈秀妮红着眼，看着父亲，不语。

〔沈家华吃完一个，又拿起一个放进嘴里。

〔沈家华忽地起身，拿起那碗鸡腿走向厨房。

沈家华：我吃不下，倒了总可以吧！不过就是几个鸡腿，花几个钱而已！没人赏脸，就让它再做一次垃圾呗！只可惜家里没狗，要是养狗了，我就全给狗吃，它还会开心地摇摇尾巴感谢我呢！

〔沈秀妮的泪掉下，跑进厨房，夺过沈家华手里的碗。

沈秀妮：爸，别扔！别扔！

沈家华：干嘛不扔？反正也没人可惜！

沈秀妮：我可惜！我可惜！

沈秀妮：（流泪拿起一个鸡腿，哽咽地）爸，我吃，我吃！我全都吃！

〔沈秀妮大口大口啃鸡腿，眼泪不断往下掉。她心痛地想着沈家华的用心良苦，想着小时候心心念念想着吃鸡腿却又吃不到的情景……

沈家华家　内　日

沈家华：（走进沈秀妮房间）妮妮，爸爸要出去办事。晚上的菜在冰箱里，你用微波炉热一下吃。

沈秀妮:(看着书)知道了爸爸,你去吧。

沈家华:(摸摸沈秀妮的脑袋)妮妮,马上要期末考了,你再不能掉以轻心了。这次考试考得好有奖励,考得不好有惩罚。

沈秀妮:爸爸,我有数,放心吧。

沈家华:(转过身警告)今天你不准再看电视,我回来要是发现电视机是烫的,别怪我不客气!我会砸了电视机,不信的话,你可以试一试!我的容忍是有限度的,你别考验我对你的耐心。录音机和随身听我先没收着,等考试结束我再还给你!听清楚了吗?

沈秀妮:(点点头)嗯,听清楚了!

[沈秀妮假装背起英语单词。

[沈家华穿上外套,走出门去。

[沈秀妮听到关门声,把书往床上一扔,人倒在床上,兴奋的样子。

沈秀妮:啊——解放了——自由啦!

[沈秀妮来到客厅,从桌上拿了个苹果准备开电视。门口有动静,沈家华拿钥匙开门锁。沈秀妮连忙起身,将苹果扔到桌上,踮起脚尖赶紧溜回房间。

沈家华:(开门进来)妮妮,在复习功课呐?

沈秀妮:(像模像样地背起课文)醉翁亭记,北宋,欧阳修……

沈家华:(从门背后拿雨衣)看这天估计要下雨。妮妮,爸爸走了,你好好复习!

沈秀妮:噢,知道了,爸爸再见!

〔沈秀妮来到窗户口，看着沈家华骑着自行车离开。

沈秀妮：（大声地）哇——终于解放了——万岁——自由万岁——

〔沈秀妮来到电视机前，扭动身子，得意的模样。

沈秀妮：哼，没有录音机和随身听，我有更高级的DVD！

〔沈秀妮打开DVD机，将一张碟片放进去。
〔屏幕上，放出张惠妹演唱会的片段。

沈秀妮：（边唱边在橱柜里找衣服）come on come on 给我感觉，给我给我真的感觉……

〔沈秀妮套上漂亮的衬衫，不系扣子。将长发盘起，留出两边的刘海。拿出私藏的粉底和口红，抹在脸上和嘴上。沈秀妮拿可乐瓶当话筒，学着电视里的模样表演起来。

沈秀妮：（抒情地）原来你什么都不想要……我不要你的呵护你的玫瑰，只要你好好久久爱我一遍……

〔沈秀妮深情地唱着，这一刻，她觉得自己很富有，像是站在万人的舞台之上，赋予自己的是阵阵热烈的掌声和欢呼声……

沈家华家　　内　　夜

〔不知不觉，天黑。沈秀妮痴迷地沉浸在歌唱中，饭菜完好地摆在厨房里。

〔时钟指向八点半，门开了。

〔沈秀妮没听见门声，仍旧拿着"话筒"卖力地演唱。

〔沈家华穿着雨衣，湿漉漉地站在门口。

沈家华：（面无表情）你有完没完？

〔沈秀妮吓得转过头，可乐瓶啪地掉在地上，滚向远处。

沈秀妮：爸爸，你，你怎么回来了？

沈家华：（阴沉着脸盯着她）你在干什么？

沈秀妮：（连忙关了电视）我，我没干什么，我刚开的，只开了五分钟……

〔沈秀妮灰溜溜地躲进房间。

〔沈家华气得一把脱掉雨衣，上前摸了摸滚烫的电视机，又见机子上摆着碟片的盒子，怒气冲冲地走到房间里。

沈家华：（将碟片扔在沈秀妮面前，大声地）这是什么？是什么？

〔沈秀妮躲在一边，不响。

沈家华：你就拿着我的血汗钱，买这些破碟来败我的家是不是？

沈秀妮：（摇摇头，眼泪掉下）这是向同学借的。

沈家华：（猛地拉过她的手）什么时候开电视的？快说！

沈秀妮：（摇摇头，带着哭腔）我不知道，我不知道……

〔沈家华从抽屉里翻出所有的磁带和碟片，拿出其中一盒磁带开始拆带子。

沈秀妮：（上前阻止）爸，不要！不要弄坏我的磁带！求你了！

沈家华：（甩掉她的手，又拿过一盒死命地拆）我说过，我给过你最后一次机会，你自己不好好珍惜！这次我不管你是借的还是买的，我要通通把它们销毁！断了你的念头！

〔褐色的带子像天女散花般地散开来，落在沈秀妮的床上、地上和身上。

〔沈秀妮上前用自己的身体和手臂护住磁带，挡在沈家华面前。

沈秀妮：爸爸，这是我几年来的心血，我好不容易才集齐的。求求你不要破坏我的东西，我求你了！

沈家华：你给我闪开！

沈秀妮：我不！

沈家华：你闪不闪开！

〔沈秀妮还是不动。

〔沈家华气得从厨房拿来明晃晃的菜刀。

沈家华：你给我闪开，你再不闪开别怪我手下不留情！

〔沈秀妮跪在地上，保卫着磁带和碟片。

沈秀妮：（坚决地）爸爸，你今天就是把我的脑袋砍了，我也不躲开，你砍吧！

沈家华：（气得一瞪眼）你⋯⋯这些破东西难道比你的命还要值钱吗？

沈秀妮：是的，它比我的命还重要！

沈家华：（拿刀的手不停飘抖）啊——

〔沈家华将菜刀扔在地上，发出响亮的声音。

沈家华：（一屁股坐在椅子上）我上辈子到底做了什么孽？要你这么来惩罚我！

沈家华：（手抖地指着沈秀妮）你看看你现在的打扮，还是个中学生的样子吗？看看你的头发，你的衣服，你脸上画的，活活就是个招摇过市的小太妹！

〔沈秀妮坐在地上哭。

沈家华：（狠狠拍打自己的胸腔，哽咽地）我是一个人民教师，从教三十年，却还是教不好自己的女儿！我失败啊，失败啊⋯⋯

〔沈家华想起什么，忽地起身走过去，一把拉起沈秀妮的胳膊将她拽到客厅。

沈家华：（对着柜子上李秀莲的相片，大声地）你自己和你妈妈交代，你对得起她吗？对得起她吗？

〔沈秀妮哭着，不说话。

沈家华：（绝望地，哽咽地）秀莲啊，我教不好咱们的女儿，我没用！你倒是告诉我，怎么才能管教好她？让她将来有出息！我们的女儿，都被那些狗屁的歌星带坏了，被那些乱七八糟的歌曲污染了！怎么办？你告诉我该怎么办？要不，我带着女儿一起来找你吧，好不好？

沈家华：（拉过沈秀妮往阳台上拽）走，你和我一起去见你妈！我管不好你，我让你妈来管你！

沈秀妮：（死命地站住脚）爸爸，你这是要干什么啊？

沈家华：（大声地）爸爸带你去见你妈！

沈秀妮：爸，这是二楼，跳下去也摔不死！

沈家华：你……你这个混蛋！

〔沈家华一把拽着沈秀妮出门。

路上　外　夜

〔天下起大雪，路上几乎没什么行人，一片安静。

〔沈家华死命拽着沈秀妮往大马路上拖，昏黄的灯光照在他们身上。

沈家华：（气急地）我们一起去死，一起去见你妈！带着你这个倒霉孩子，我无望了！

沈秀妮：（哭着挪动瘦弱的身子）我不去！我不去！爸爸，你别这样！别这样！

〔沈家华拽着沈秀妮往马路中间走，路上的车辆开过一辆又一辆。

沈家华：（嘶喊地）你书读不好，将来考不上大学，你对得起你妈吗？对得起我吗？你用这样的行为来回报我，我不如早早了结你的生命！省得将来我不在了，还留个你在世上给社会添负担！

沈秀妮：（踮着脚往前拖移）爸爸，我不想死！我们回家，我们回家！

沈家华：（崩溃地，大声地）你不想死，我想死！要不是为了你这混账东西，我早就去陪你妈了！与其让我管你这个不孝女，倒不如去陪你妈来得清静！

沈秀妮：（撕裂地）你要我死是不是？好啊，那我去死！我早就不想活了！从小到大，我都要看着家人的脸色过活。奶奶嫌弃我是个女孩，婆婆不认我这个外孙。好像我是捡来的一样！他们给我一点好处，都像在施舍我！同学侮辱我、嘲笑我，骂我是个没妈的野孩子！我就像被人唾弃的小丑一样默默忍受了十五年！我算是活够了，活明白了！我活在这个世上，就是来遭罪的，就是来遭人唾弃的！我活着，就是一个天大的错误！

沈秀妮：（甩开沈家华的手）现在不用你说，我自己就会去死！

不用脏了你的手，再让别人来谴责你是个无情的父亲！我死了，你就可以彻底解脱了，就不用再对我负责任了！（绝望地、哽咽地）爸，带着我这个讨人厌的孩子，您一定很累吧？

沈家华：（眼泪纷纷掉下，绝望地）好，好！我沈家华是白疼你了！白疼了你十五年！（指着沈秀妮）你要死是不是？好，我不拦你，你最好马上消失在我的眼前！让我一辈子清净！

沈秀妮：（崩溃地）死就死！反正活着也是个累赘！我死了，你们都开心了，我今天就如了你们的愿！

〔沈秀妮推开沈家华，穿着拖鞋往马路中间跑过去。

〔一辆大卡车疾驶而过，发出响亮的喇叭鸣声，闪亮的车大灯照在沈秀妮的脸上。

〔沈秀妮脚下的拖鞋一滑，摔了出去。

沈家华：（大声地，撕心裂肺地）妮妮——小心——

〔沈家华跑上前，抱起沈秀妮往路边躲，两人倒在地上。

沈秀妮：（趴在地上崩溃地）啊——啊——

沈家华：（抱着沈秀妮痛苦地）你要是真有个三长两短，爸爸怎么活？怎么活？

沈秀妮：（抱住沈家华）爸——爸——

〔空旷的马路上，父女两人相拥而泣，哭声回荡在寂静的夜色中，漫天的雪花飘扬在空中。

沈家华家　内　日

沈秀妮：（气冲冲地进门，红眼）爸爸，为什么不让我参加文艺汇演？这可是今年最后一次演出了，毕业汇演！

［沈家华伏在桌前批改学生的作业，不看她。

沈秀妮：爸爸，您倒是说句话啊？

沈家华：（冷冷地）你这次期末考试考得太差，有三门不及格！我说过，考得不好对你有惩罚。你的惩罚，就是不能上汇演！

［沈家华拿起一支烟，缓缓抽起来。
［沈秀妮跪在地上，将头埋在沈家华的大腿上，哀求的模样。

沈秀妮：（哀求地）爸爸，我求求你了！这次汇演班里好多同学都参加，我是带头人。我带着同学们一起练歌、排队形，我不能缺席啊。今年是千禧年，也是我们的毕业年，这是非常值得纪念的一刻！爸，我求您了！

沈家华：（面不改色）不用求了，我说到做到。你要为自己的行为付出代价！你要知道身为一个学生的使命是什么！

沈秀妮：（哭着哀求）爸，就一次，就最后一次！我参加完毕业汇演，一定好好学习，一定好好考高中！

沈家华：（不看她，冷冷地，坚决地）没得商量，你就死了这条心吧！（将烟头熄灭）这辈子，你都别再想和文艺结缘！现在就给我回房间，复习功课！

沈秀妮：（起身，缓缓地）你向老师请求，如果我要演出，你就不让我参加期末考试和中考。

沈家华：（冷静地，大声地）是，是我说的！我在尽一个父亲的责任和义务！我宁可你现在恨我，也不愿将来你后悔怨我！

　　〔沈秀妮流泪，看看沈家华，默默地走出去。

　　〔沈秀妮回到房间关上门，趴在床上撕心裂肺地痛哭。

　　〔沈家华红着眼，又点上一根烟，在灯光的照射下，缓缓地吐了出来。

中学礼堂　内　日

　　〔横幅写着某中学初三年级毕业汇报演出。

　　〔初三(2)班二十人同台演唱《蜗牛》，排成两排，手拉手。

　　〔沈秀妮站在台下，深情地注视台上。她手里打着节拍，示意同学们的节奏，眼眶泛红。

同学们：（整齐地，一人一句，抒情地）该不该搁下重重的壳，寻找到底哪里有蓝天。随着轻轻的风轻轻的飘，历经的伤都不感觉疼……

　　〔沈秀妮默默地站在原地，眼里满是晶莹的泪珠，嘴里跟着哼唱。

　　〔唱到高潮时，同学们排成一个心的形状。

一女生：（站在台前，唱最后一句）我要一步一步往上爬，在最

高点乘着叶片往前飞。让风吹干流过的泪和汗，总有一天我有属于我
的天！

〔这一句，本来是由沈秀妮领唱的。

〔沈秀妮捂着嘴，感动得热泪盈眶。

〔全场沸腾，响起一阵又一阵热烈的掌声，沈秀妮使劲鼓掌。

沈家华家　内　日

〔打出字幕：又一年冬天。

〔沈家华戴着老花镜在沈秀妮房间打扫卫生。

〔沈家华拿起桌上的一幅相框，用手轻轻抚摸，沈家华与沈秀妮
的合影。他默默地注视着，笑了。

〔沈家华又拿起旁边另一幅相框，注视着。

〔照片特写：沈秀妮与高中三个男同学的合影，他们背着吉他、
拿着架子鼓棒。

沈家华：（笑笑）鬼东西，小小年纪，都组起乐队来了。

〔沈家华打扫完房间，不舍地看看，轻轻地关上门。

〔沈家华拿出沈秀妮儿时的相簿，坐在阳台的藤椅上，披着阳光
一张一张地翻看起来。旁边，有一只八哥鸟在笼子里跳来跳去，陪伴
在沈家华身边。

沈家华家　内　黄昏

［沈秀妮在房间整理衣物和行李。

［沈家华在屋外给女儿准备东西，不舍的表情。

［沈秀妮整理好行李包，拿上吉他走出来。

沈秀妮：爸，我走了啊，您保重身体！

沈家华：（递给沈秀妮食品）把这个带上，到学校记得吃！

［沈秀妮拿过食品放进包里。

沈家华：哎，在学校要是住得不习惯，还是回家来住吧。

沈秀妮：习惯，都住了两年了。我走了，您也好清静清静，没人吵着你了。您空了，也好养养鱼，种种花。要是觉得冷清，就叫您的学生来家里陪您吃吃饭，下下棋。

沈家华：（挥手）走吧走吧，现在轮到你啰嗦我了。

［沈秀妮走到楼道口，转头。

沈秀妮：爸，我周末就回来，您保重啊！

沈家华：路上小心！别老惦着你的琴，好好看书！记得，每晚九点给家里来电话！

沈秀妮：我知道了，放心吧！您别老是一人吃泡饭，我回来要检查的！

沈家华：（红着眼，挥手）知道了，走吧！走吧！

　　[沈秀妮背着吉他，往胡同口走去。

　　[沈家华弓着背站在楼道口，戴着眼镜，默默地注视秀妮的背影。

　　[沈家华一直站着，直到看不见沈秀妮的背影为止。

高中教室　内　日

　　[过场镜头：沈秀妮和同学在教室里读书、复习功课、做作业。

高中礼堂　内　日

　　[打出字幕："原野乐队"成员，主唱沈秀妮、贝斯手肖磊、键盘手付俊、架子鼓周一维。

　　[四人在学校礼堂认真地排练。

　　[四人面前放着话筒，沈秀妮背着吉他唱着"原野乐队"的原创歌曲和偶像的歌。

　　[礼堂内挤满了人，俨然一场演唱会的彩排。

高中教学楼楼顶　外　黄昏

　　[乐队成员在教学楼的楼顶放声高歌。旁边摆着音响、架子鼓、键盘、吉他，还有香烟与啤酒。

　　[几人坐在楼顶休息，看远方的风景。

　　[沈秀妮坐在中间，注视着脚下的高楼大厦，风呼呼地刮着。

　　[肖磊走过来，将自己的大衣披在沈秀妮身上。

肖磊：秀妮，别着凉了。

沈秀妮：（脱下）我不冷，你快穿上！

肖磊：（又把大衣披在沈秀妮身上）我是男孩子，不怕冷。你是我们原野乐队的主心骨，要好好伺候着。

沈秀妮：（认真地看着远方）我们四个，都是主心骨，缺一不可。少了谁，都不能组成原野乐队。

肖磊：（笑了）快毕业了，我们要参加毕业汇演，还要代表学校参加市里的歌唱比赛。这段时间，我们会非常忙碌。

沈秀妮：（点点头）我知道，我会坚持住的。

〔肖磊喝一口啤酒，点上一支烟。

沈秀妮：（静静地）给我来一支吧。

肖磊：（给沈秀妮点了一支烟）你心情不好的时候就喜欢抽烟，你爸爸知道了会不高兴的。

沈秀妮：（抽上一口烟，默默注视远方）我不会再让他不高兴了。我要让他看到，我在努力地为自己的理想奋斗。

〔肖磊低头皱眉，狠狠地抽了两口烟。

肖磊：（为难地）可是……你爸爸不喜欢你唱歌，他想让你考大学。

〔沈秀妮红眼，拿起肖磊的啤酒猛灌两口，擦擦嘴。

沈秀妮：我从小就不是一块读书的料，我就是喜欢唱歌！没有什么比音乐更能打动我的了！肖磊，我真的不想考大学了！我不能眼睁睁地，看着好不容易建立起来的乐队面临毕业就这么散了！从现在开始，我要努力成为一名好歌手，让咱们的乐队发光！

　　〔肖磊搭着沈秀妮的肩，望着远方。

　　沈秀妮：（缓缓回忆着，红眼）肖磊，你知道我从小就是个没妈的孩子，没享受过母爱。父亲为了我，没有再成家。我和父亲相依为命到现在，这些年，我们过得很辛苦。我在家人的眼中，永远是一个不讨人喜欢的孩子。十岁过年那次，父亲带我去婆婆家，她连正眼都不瞧我一眼。吃饭时，她把唯一一个鸡腿给了哥哥，她的孙子。我心里明白，她不喜欢我，她只记得我死去的妈妈。我知道婆婆失去女儿很心痛，一直没有缓过劲来。可这不是我和父亲的责任呐，她不该不认我们的！那顿晚饭，我几乎没有吃荤菜。半夜，我梦到桌子上摆着满满一桌的鸡腿。醒来后我就哭，我饿得难受，哭了很久。

　　〔肖磊不说话，在一旁静静地听着，红了眼眶。
　　〔沈秀妮又点了一支烟，喝了一口啤酒，流泪。

　　沈秀妮：我奶奶从小就不喜欢我，因为我是个女孩！她遗憾自己没有一个亲孙子。所以，我是多余的。在她眼里，我像是一个捡来的孩子，可我是她的亲孙女啊！

　　沈秀妮：（抽泣地）我要的并不多，只想要一份温暖和关爱。从小到大，只有姑姑最心疼我。可我知道，那是因为她心好，她善良。

因为我是个没妈的孩子,她想多给我一些帮助!

　　沈秀妮:(哽咽地)肖磊,我想我妈,我真的很想我妈……可是……我都没有见过妈妈……我只能看着她的相片,去想象她那真实的样子……妈妈的相片,陪伴了我十七年!

　　〔沈秀妮靠在肖磊宽大的肩膀上,肖磊抱着她,陪她默默地流泪。
　　〔楼顶上,风很大,渺小的两人坐在那里,看着华灯初上的城市景象。

沈家华家　内　傍晚

　　〔沈家华将家里的房间打扫一新,桌上摆着生日蛋糕和饭菜。

　　沈家琪:(拿碗筷)哥,这妮妮一住校,家里就冷清了。她在呢,你嫌烦,闹心。她不在呢,你又天天念叨着,盼着她回来。你呀,就是刀子嘴豆腐心。今天妮妮生日,估计她又要和那些同学一起过了。所以我过来,陪陪你,也好给我嫂子上炷香。她在的时候,没少对我们震震好。

高中门口　外　傍晚

　　〔沈秀妮和同学出了校门口。

　　同学们:(围着沈秀妮)秀妮!今天是你十七岁生日,我们去餐馆给你庆生!

沈秀妮：（笑着对大家）谢谢你们的好意，今天我要回家，和爸爸一起过生日。

同学们：（失望地）可我们都订好包厢了。

沈秀妮：（握着他们的手）我们每天都在一起，哪一天都能聚。可我爸爸一人在家里，我现在半个月才能回家一次。我得回去陪他。

同学们：秀妮，你真是个孝女，真棒！那我们改天再给你过生日。

沈秀妮：好，说定了，改天我们不醉不归！

〔同学们和沈秀妮挥手分别，乐队成员陪伴在沈秀妮身边。

沈秀妮：肖磊，付俊，一维，你们陪我一起回家吧！

三人：（一起揽着沈秀妮）遵命，走咯！

〔四人坐在公车上，拿着鲜花和蛋糕。沈秀妮和肖磊坐在一排，她看着窗外。

〔风吹过沈秀妮的脸，散落的长发丝吹到了肖磊的脸上，沈秀妮把头轻轻靠在肖磊的肩上。

沈家华家　内　夜

〔沈家琪在厨房忙活，沈家华在沈秀妮房间看着。

沈家琪：（走到客厅）哥，别看了，咱们吃饭吧。

沈家华：（放下手中的相册，走到客厅）我在看妮妮小时候的相片，感觉还是那个我用自行车送她去上学的小丫头。这一转眼，就这么大了。

沈家琪：（摆好饭菜）哥，妮妮现在已经长大了，都快高中毕业啦！

[两人正准备坐下吃饭，沈秀妮一伙人进来。

沈秀妮：爸！姑姑！我们回来了！

沈家华：（一回头）妮妮，你怎么回来了？你不是要和同学们一起过生日吗？

沈秀妮：（挽过沈家华的胳膊）爸爸想我回来，我就回来和您一块过生日。

沈家琪：（立马拿碗筷）太好了！大家快坐！

肖磊：（拿着蛋糕和花）叔叔，这是送给您的。祝您身体健康，万事如意！

沈家华：（笑得合不拢嘴）哎呦，谢谢小伙子。今天，可是妮妮的生日，她才是大寿星！

肖磊：（挠挠头）叔叔，妮妮说了，您是寿星的爸爸，所以您最大。

沈家华：（兴奋地）哈哈哈，好好好！来来来，大家快坐下吃饭！

沈秀妮：（举着杯子）爸，今天是我十七岁生日，也是您抚育我成长十七年的日子。爸，您辛苦了！我祝您健康长寿，万事如意，天天开心！

沈家华：（举着杯子）哎，好！谢谢女儿，我很开心！

[大家一齐举杯，开心地吃饭。
[沈家华看着沈秀妮，满脸的喜悦。

〔饭后，大家点蜡烛。沈秀妮闭眼许愿，吹蜡烛，切蛋糕，一片喜气洋洋的景象。

沈秀妮：（走到门口，转身）爸，姑姑，你们聊会，我去送送他们。

沈家华、沈家琪：哎，快送送，让他们有空就来家里吃饭。

沈秀妮：哎，姑姑，爸爸买的蛋糕我留下。我买的这只蛋糕，您带回去，给奶奶和哥哥吃。我空了就去看他们。

沈家琪：（红着眼）哎，我一定把蛋糕带回去，一定把你的话转告给奶奶！

沈家华家门口　外　夜

〔沈秀妮把三人送到路口，披着月光回来。

〔沈秀妮刚想进屋，发现门虚掩着一道缝，客厅里沈家华和沈家琪在说话。

沈家琪：哥，眼看妮妮都十七岁了。你说过，等妮妮成年了就把真相告诉她的。

沈家华：是啊，我说过，等明年我就把事实告诉她。快了，快了……

沈家琪：妮妮将来知道了她妈妈是在她出生那天去世的，会是什么心情？要是妮妮知道了她的命是用她母亲的命换来的，又会是什么状况。

〔沈秀妮在门口听着，震惊不已，泪水不可控制地从眼里滚落。

沈家琪：你一直和妮妮说，嫂子的墓在她山东的老家，是不想让妮妮知道真相。等到明年，哥就带着妮妮去嫂子的墓上，亲口喊她一声妈妈，好好给嫂子上上香，说说话。十八年了，该让她们娘俩相认了。

沈家华：（叹了口气）这十七年来，每到妮妮的生日，我是最挣扎的。一边是妻子的祭日，一边又是女儿的生日。（哽咽地，流泪）趁妮妮不在，我好和秀莲说说话，流流泪。妮妮在时，我还要忍着心痛对着她笑。女儿就是秀莲延续的生命，我不把她培养成人，我就对不起死去的秀莲！

沈家琪：（心疼地）哥，这些年来，真的辛苦你了。

沈家华：辛苦无所谓，如果有一天妮妮能理解我的一片苦心……

沈家琪：会的，会的！

沈家华：妮妮要是知道真相，一定会怨我的。哎，我做好了思想准备，要怨，就让她怨吧。反正，她也已经怨了我这么多年，习惯了。

〔沈秀妮轻轻将门推开，沈家华和沈家琪猛地回头，慢慢地起身。

沈家华、沈家琪：妮妮？

沈秀妮：（站在门口，眼泪哗哗掉下）我不相信，妈妈是在我出生那天走的！我不相信，妈妈是为了我而走的！

沈家华：（慢慢走过来，红着眼）你都听到了？

沈秀妮：（伤心地，大声地）爸爸，妈妈是不是生我的那天走的？是不是为了我才走的？是不是？是不是？

〔沈家华痛苦地看着沈秀妮，欲言又止。

沈家琪：（流泪）哥，别瞒了。妮妮，该知道自己的身世了。

沈家华：（痛苦地点点头）是……你妈……是在你出生那一刻走的……她为了你……放弃了自己的生命……

沈秀妮：（摇头，嘶喊地）为什么？为什么不救妈妈？为什么不救活妈妈？为什么？

沈家华：（痛苦地，嘴抖动地）你们母女，只能保一个……你妈妈说……保你……

沈秀妮：（闭眼，泪水滑落，崩溃地）不——不——我不相信这是真的——我不相信妈妈是因为我而死的！

沈家琪：（上前，痛苦地）妮妮，这是真的，是真的！当时你妈妈生你的时候难产，医生说只能保一个。你妈妈坚持说，保你，保你！

沈秀妮：（绝望地摇头）我现在终于知道了，为什么婆婆一直不认我，不认你！是我夺走了妈妈的生命！是我！婆婆不喜欢我是对的，她恨我是对的！如果没有我，妈妈根本就不会死，不会死！是我害了妈妈！我的生就是妈妈的死！我不能原谅我自己！我不能！不能！

﹇沈秀妮撒腿跑出去。

沈家华、沈家琪：（上前）妮妮——妮妮——妮妮——

沈家琪：（着急地）糟糕，妮妮会不会想不开，会不会做傻事呀？

沈家华：（望着门口，镇定地）不会的！现在，她的心里有强大的信念支撑着她，她不会做傻事的！她需要发泄，需要倾诉！十七年了，这一刻，她才能真正地解脱……

沈家琪：还是哥了解自己的闺女！

路上 外 夜

[沈秀妮一路狂奔，眼泪狂飙。

沈秀妮：啊——啊——妈妈——妈妈——

[沈秀妮跑到路边的公用电话亭打电话，蹲在地上痛哭。
[天很冷，风很大，吹得她直发抖。
[一辆车经过车站，肖磊快速地跳下车，向这边跑来。
[沈秀妮奔跑到肖磊面前，伏在他的肩上放声大哭。

墓园 外 清 晨

[清早，沈家华、沈家琪带着沈秀妮来到墓园，为李秀莲扫墓。

沈家华：（在李秀莲墓碑前上香，悲痛地）秀莲啊，我把闺女带来了，你看看，她长得多像你。你好好看看她，好好和她说说话！
沈秀妮：（哭着跪在地上）妈——妈——我来晚了，我来晚了！我晚来了十七年！对不起，对不起，对不起……妈妈……女儿想您……

[沈秀妮给李秀莲献花，上香。
[他们起身准备走，看见迎面而来的李秀莲母亲一家。

沈家华：（尴尬地）妈！您来了！
李秀莲母亲：（一惊，瞪大眼睛）妮妮？你？

沈秀妮：婆婆!

李秀莲母亲：家华，妮妮都知道了?

〔沈家华红着眼点点头。

李秀莲母亲：（流下泪，伸出双手）妮妮，妮妮……

沈秀妮：（上前，大声地）：婆婆——婆婆——

李秀莲母亲：（张开怀抱，哭着）妮妮——我的孩子——我可怜的孩子——婆婆对不住你——对不住你……

〔沈秀妮与李秀莲母亲拥抱在一起，泪眼交加。

高中操场　外　夜

〔沈秀妮和原野乐队在舞台上汇报演出。

〔台下密密麻麻的观众，毫不亚于一场演唱会。

沈秀妮：（背着吉他，对着话筒）今天，原野乐队站在这里，为大家带来最热情、最真诚、最感动的原创音乐!《原野》，沈秀妮作词，肖磊作曲，把我们的队歌送给各位，把原野的精神带给热爱音乐、热爱生命的朋友!

沈秀妮：（唱原创歌曲《原野》）我们是乖孩子，我们没有钱、没有权，只有一把心爱的琴。我们是乖孩子，我们有梦、有热情，还有一张会唱歌的嘴。我们是可爱的大孩子，乘着理想的翅膀踏上这片金色的原野。爸爸、妈妈，你们别慌张，你们别害怕，我们不犯法。我们就是唱着自己的歌，带着我们的梦想和你们的思念去远方！那是伟大的梦啊，带着我们嘹亮的歌声飞向那漫无边际的原野。我们的原野啊，带着你们的寄托和想念出发啦！原野啊原野，我们来啦！原野啊原野，我们梦中的原野！来啦！来啦！

沈秀妮：（唱原创歌曲《漂泊的心》）我的心，一路漂泊，穿过大山，翻越海洋，只为了与你相遇。我的心，一路漂泊，走过沼泽，拨开迷雾，只为了找寻爱情。是谁带我走进这奇妙的画卷，是谁告诉我要有坚定的信念。不是所有人都能感受这境界，不是所有人都会看清这世界。我们不求大富大贵，我们不求年轻貌美，只要怀揣一颗流浪的心，就不会害怕天塌地裂。我们一起去追寻，一起去流浪，一起去追忆我们的梦想，和那颗永无止境漂泊的心……

［欢呼声一浪高过一浪，沈秀妮红了眼眶。

［全场沸腾了。

音乐厅　内　日

［南京市青年歌手比赛的横幅。

［沈秀妮、曾磊、付俊、周一维四人互相击掌，彼此激励。

［四个人淡定地站在台上。

［沈秀妮和队友，认真地演唱。

［比赛结果，原野乐队获得第二名，被推荐到北京参加全国的推新人歌唱比赛。

［四人兴奋地抱在一起流泪。

高中　内　日

〔沈秀妮和队友收拾行李和乐器，准备启程去北京参加比赛。

沈家琪：（打来电话）妮妮，你什么时候去北京？

沈秀妮：下午就走，姑姑。

沈家琪：这么快？下午几点？

沈秀妮：四点的火车。

沈家琪：（着急地）不能再瞒你了。妮妮，实话告诉你吧，你爸得了慢性肾炎住院了，已经一个礼拜了。为了不影响你考试和演出，他不让我们告诉你。你这一去北京就要好多天，我想，还是要和你说一声。

〔沈秀妮放下电话，撒腿赶往医院。

医院病房　内　日

〔沈秀妮来到病房，看见沈家华躺在病床上挂着盐水。人明显老了许多，脸色蜡黄，憔悴不堪。

〔沈秀妮蹲在病床前，握着父亲的手，流泪。

沈秀妮：爸，您生病了，为什么都不告诉我？

沈家华：（有气无力地）你那么忙，爸爸不想耽误你的事。

沈秀妮：爸，我不去北京了，我留下来陪您。

沈家华：瞎说什么，你快走，别误了时间。

沈秀妮：可是您病了，我不能看着你不管。

沈家华：（摆手）我又不是什么绝症，只是肾炎而已，休息几天就可以回家了。放心，有姑姑他们照顾我呢。

〔肖磊几人拿着行李和乐器在医院走廊上等沈秀妮。

沈家华：快去吧，别耽误了时间。虽然爸爸一直不支持你唱歌，但既然你要比赛，爸爸还是希望你能成功。你们要好好发挥，争取拿个好名次回来。

沈秀妮：（流泪）爸，您放心，我会的！保重，爸爸！

〔沈秀妮起身，在沈家华的额头上吻了一吻，沈家华闭上眼。
〔沈秀妮捂着嘴，不舍地转身离开。
〔沈家华睁开眼，眼眶湿润。

火车　外　黄昏

〔沈秀妮和肖磊几人拿着行李和乐器上火车。
〔沈秀妮坐在车厢里，车缓缓前行，她望着窗外，眼泪流下来。

北京　外　日

〔沈秀妮一行人来到北京，参加一系列的赛前培训。
〔比赛时，他们用了轻快的原创歌曲《原野》和抒情的翻唱歌曲《火柴天堂》作为参赛曲目。

〔比赛结束，原野乐队获得了全国的推新人歌唱比赛的"最佳潜力新人奖"。

〔四人抱头痛哭。

沈家华家　内　黄昏

〔沈秀妮的房间内，放着"南京市青年歌手比赛第二名"和"全国推新人歌唱比赛最佳潜力新人奖"的奖状和奖杯。

〔沈家华坐在藤椅上，阳台上，那只八哥鸟相依左右。黄昏的阳光洒在沈家华身上，他面色灰黄、消瘦，白发越来越多。

〔沈秀妮在房间整理衣物。

沈家华：（走到门口）你就这么自说自话不考大学了？是不是该全面地考虑大局？妮妮，听爸爸的话，我们再复习半年，好不好？

沈秀妮：（整理行李箱）爸，我是真的不想考大学了。我和肖磊四个人，准备去北京发展我们的歌唱事业。

沈家华：（走到沈秀妮面前）事业？你们获了个小奖，就想去北京发展事业？

沈秀妮：（扣上行李箱，坚决地）我们已经决定了，不会改变了。不管将来的路怎么样，我们不会后悔当初的决定。

沈家华：（气得指着她）你……我以为你长大了，就可以听我话了。没想到，是自说自话得离谱了。你倒是问问你妈，问问她同不同意你去北京！如果她同意，我会放你走！

沈秀妮：（从床上将行李箱放到地上）妈一定会支持我的，她一定会特别开心！

沈家华：（走到客厅拿起电话）我说不动你，我打电话给你婆婆。让她老人家来劝你，看你还狠得下心走？

沈秀妮：（站在门口，冷静地）不用打了，有人来劝您了。

〔肖磊几人来到家里，背着吉他站在沈家华面前。

肖磊等人：（低头）伯父！

沈家华：（转身看，指着他们）怎么，你们几个，也要来当她的说客？

肖磊：（低头红眼）伯父，我知道您舍不得秀妮。可我们真的非常热爱音乐，我们要为理想奋斗一把，您就成全我们吧！

沈家华：（红眼，颤抖地）原来你们也要带走她！你们……

肖磊等人：伯父，就让秀妮和我们一起去北京发展吧。

沈家华：（生气地，大声地）秀妮一个女孩子，夫了北京谁照顾她？你们是她什么人？你们能照顾得好她吗？如果秀妮有个什么事，你们谁付得起这个责任？我怎么向她妈妈交代？

肖磊：（红眼）伯父，我们会照顾好秀妮的。请放心！（顿顿）秀妮，她是我们心中的宝！

沈家华：（眼里泛泪光，拍打胸口，大声地）你们知不知道，秀妮也是我的宝！

肖磊：（顿顿，上前两步）伯父，秀妮应该有更好的未来，这样她才能回报您的养育之恩呐。

沈家华：（摆手，激动地）我不要她回报我，我要她成才，成才！

肖磊：伯父，秀妮是个非常有才的女孩。她爱音乐，甚至胜过自己的生命。如果不让她唱歌，那就等于要了她的命，让她生不如死！

沈家华：（颤抖着手，指着他们）你……你们……我……我说不过你们年轻人！

肖磊：伯父，求您了。您就让秀妮和我们一块走吧。我们有梦想、有能力，我们四个人，一定能闯出一片天，请您相信我们！

沈家华：（指着他们）相信你们，相信你们四个小毛孩能去北京闯出一番天？你们这叫异想天开！

沈秀妮：（流泪）爸，我们已经决定了，不会再改变了。请您理解我，理解我们的梦想！

沈家华：（大声地，激动地）你们的梦想？年轻人的理想就应该是上大学，而不是背着一把破吉他瞎折腾！你们去北京，说得好听点是去闯荡，说得难听点那就是去天桥底下卖唱！你们是苦到无路可走了吗？要跑去北京这么折腾自己？别人不知道的，还以为你们的父母怎么你们了呢！放着好生活不过，好大学不上，就为了去唱歌！去浪迹天涯！

四人：（齐声）我们愿意浪迹天涯！愿意背着吉他去唱歌！我们不怕苦，就怕别人剥夺我们唱歌的权利！

［一句话，沈家华气得目瞪口呆。
［沈家华拿出老教师的姿态，手指着他们，来回踱步。

沈家华：（大声地，激动地）我是不理解你们年轻人的做法，很不理解！你们……太嚣张！太自以为是！太不理智！太不把父母放在眼里了！

［沈秀妮流泪，啪地跪在地上。

沈秀妮：爸，我已经长大了，让我去飞吧！您放心，我会带着好成绩回来见您的！如果我没有发展，我就不回南京，不回来见您！爸，请相信我，相信我！

肖磊：（跪在地上）伯父，求您了！

付俊、周一维：（相继齐刷刷地跪在地上）伯父，求您了！

沈家华：（一看，摇头）你……你们这是……要逼死我是吗？快起来！都给我起来！

〔四人跪在地上不起。

沈家华：（一屁股坐在椅子上，一挥手，绝望地）好！你真的决定要走是不是？那你走吧！你走了，就不要再回来！我沈家华没有你这个女儿！你滚吧，快滚——

〔《南下北上》的背景音乐响起。

沈秀妮：（将头贴在地上）爸，女儿不孝，女儿不孝！

〔沈秀妮起身，和几人站成一排，深深地鞠了一躬。
〔沈家华不响，坐在椅子上，撇过脸。
〔沈秀妮背着吉他和行李走到门口，抖动着嘴唇，泪流满面。

沈秀妮：（哽咽地）爸，对不起，您别怪我！我走了！您保重！保重！等我回来！

〔沈家华坐在椅子上，背影不断地颤抖着。

路上　外　日

〔《南下北上》的副歌部分。

〔沈秀妮、肖磊、付俊、周一维四人站成一排，拿着行李和乐器，大步前行。脸上带着坚决、沉重的表情。沈秀妮眼里，满是不舍的泪水。

〔沈秀妮和队友在火车站，不舍地看了最后一眼，上了火车。火车的鸣笛声缓缓响起，火车出发了。

〔打出字幕：2004 年，沈秀妮在南京过完第十九个生日后，毅然离开了家，离开了父亲。她和"原野乐队"成员一起，踏上了北上的列车，去北京寻求自己的音乐梦想。

北京、南京　内、外　日、夜

〔《南下北上》的副歌部分。

〔四个人拖着沉重的行李，背着乐器踏上了北京的土地。

〔过场镜头。

〔四人找到地下室的房子，沈秀妮一间，三个男生一间。白天，他们在租用的废弃工厂内排练、唱歌、创作。晚上，他们到天桥底下卖唱，去夜总会驻唱。唱自己的原创歌，也唱偶像乐队的歌。

〔半夜回家肚子饿了，他们互相给对方泡方便面吃。睡前，沈秀妮拿起和父亲的合影，看了又看。

〔沈家华在客厅对着李秀莲的相片出神地看。

〔沈家华走到沈秀妮房间，默默地注视着屋内的摆设。他拿起书桌前小盒子里的那个粉红色发夹，回忆着沈秀妮的样子。

〔沈家华一人坐在桌前吃着泡饭和咸菜。回想起沈秀妮在家吃饭的情景，不禁笑了。沈家华眼眶微红，叹口气，快速往嘴里扒饭。饭桌上，沈家华孤单的背影。

沈家华家楼下　内　黄昏

〔楼下，沈家华拿着抹布，擦拭着那辆陈旧得满是铁锈的自行车。他边擦边回想从前带沈秀妮的情景，红了眼眶。

沈家琪：（走过来）哥，还在擦这辆车呐！

沈家华：（慢慢直起身）呵呵，我现在退休了，这自行车也退休了。

沈家琪：这车是够老的了，都成古董了。

沈家华：（看着，笑着）这辆自行车的年纪，比妮妮的年龄还大呢。我就是用这辆自行车，带着妮妮长大，带着她走遍了南京的大街小巷。

沈家琪：（挽过家华的胳膊，往楼道里走）好啦！沈老师！您就别留恋了，要是妮妮回来看到你还在擦这车，该说你背时啦！你老了，不能再骑车啦！有什么事，我就让震震他爸开车来接你。

〔沈家华回过头，不舍地看看自行车，慢慢地走进楼道。

〔自行车静静地停在楼道口。

沈家华家　内　黄昏

［沈家琪在厨房做饭，柜子上摆满了沈家华的优秀教师荣誉证书。

［沈家华戴着老花眼镜，翻着日历。

沈家琪：（端着菜出来）哥，你干嘛呢？

沈家华：我看看，妮妮和肖磊他们什么时候回来。

沈家琪：快了，过年他们就回来。

沈家华：还有这么多天，哎，难熬呐！

沈家琪：哥，妮妮现在忙着到处演出赚钱。等她赚够了钱，就回来孝敬你，你得有些耐心啊。

沈家华：（拿掉老花镜）这说走就走，我也拦不住他们。既然决定拼一把了，就随着他们了。（扶着腰）我老了，劝不动了。哎，就怕我等不了那么久。我现在的身体我自己知道，是越来越不中用了。经常腰酸背痛，看着饭菜也没胃口，还老头晕，血压也不稳定。

沈家琪：哥，你的身体一定要引起重视。这该检查的就检查，该治疗的就治疗，别硬撑着。

沈家华：（坐下，拿起筷子，手抖着）嗨，我呀，就是想妮妮想的。她一回来，我啥病都没了，好了。

［沈家琪笑笑。

［沈家华放下筷子，起身往厕所走去。

沈家琪：（皱眉，担心地）哥，你又去厕所啊？这上楼不到半小时，你都上了两回厕所了。

沈家华：最近也不知怎么的，这水喝得不多，还老想上厕所。

沈家琪：哥，别硬撑了。明天，我和震震他爸带你上医院。

北京　内　日

〔《南下北上》的背景音乐贯穿其中。

〔过场镜头：沈秀妮四人将创作的《原野》《我明了》《苦中作乐》、《漂泊的心》编好曲，录成小样。他们一家一家上门推销，毛遂自荐。没有名气，没有介绍人推荐，他们一次又一次被拒之门外。四人背着吉他，站在一幢幢高楼大厦底下，抬头看大厦、看蓝天。沈秀妮的眼眶红了。

〔夜总会的老板看中了他们的实力，带他们去一家大型唱片公司。唱片公司听过小样后非常满意，商量下一步的计划。

〔沈秀妮、肖磊四人在排练场地，等待着唱片公司最后的结果。他们依次排开坐着，每人的身边，放着一把吉他和一罐啤酒。他们同时拿起啤酒，一口灌下。

〔唱片公司的领导开会，他们手上拿着四人的照片和录音小样。商量讨论着原野乐队的生存、市场前景和未来的命运……

〔打出字幕：一个月后……

〔沈秀妮接到电话，唱片公司决定和原野乐队签约。

〔四个人放下手中的乐器，抱作一团痛哭流涕。

〔原野乐队和唱片公司签下协议。

沈秀妮：（跑到楼顶，激动地红着眼看远方，大声地）爸——我成功了——

　　[过场镜头：沈秀妮兴冲冲地打电话给沈家华。

　　[沈家华又一次躺在医院的病房里，挂着盐水打电话。沈家琪站在一旁，焦急地想告诉沈秀妮。沈家华摆手，示意不要让沈秀妮知道自己住院的消息。

　　[沈秀妮和乐队成员在制作团队的打造下，认真地录歌、训练、拍照……

　　[中途沈秀妮回南京探亲，沈家华硬是出了院。

　　[沈秀妮和队友回来当天，沈家华顶着大雪，在沈家琪的陪伴下，早早地站在空旷的站台上等着。火车从远到近开来，沈家华佝偻的背影。

　　[火车到站，沈秀妮隔着窗户看见沈家华弓着背站在那里等自己。她默默地掉泪，将手伏在玻璃上向他们打招呼。沈秀妮跳下车，背着吉他冲到沈家华面前，两人紧紧相拥。

北京　外　日

　　[打出字幕：2007 年 12 月 9 日，沈秀妮在北京度过了自己的二十二岁生日后，在全国发行了原野乐队的首张音乐大碟《向原野出发》。

　　[过场镜头，背景音乐贯穿其中。

　　[北京的各大音像店和超市，纷纷上柜了原野乐队的音乐大碟。

　　[学生和年轻人纷纷抢购，排队参加签售活动，场面火爆。

　　[电视台媒体采访乐队成员，沈秀妮拿着话筒和队友一起接受采访。

　　[原野乐队马不停蹄地开始了一系列的宣传活动……

南京医院病房　内　日

〔过场镜头，背景音乐贯穿其中。

〔医院病房内，沈家华躺在床上挂着盐水，面色灰黄、憔悴。手里拿着沈秀妮的音乐大碟，开心地看着。

〔电视机里，播放媒体采访原野乐队的画面。

沈秀妮：（对着镜头感慨地）我要感谢我的父亲，感谢他多年来对我的养育之恩。

〔沈秀妮红着眼眶清唱。

〔沈家华看着，眼里流出激动的泪水。泪水流过脸颊，滴在手里的碟片上。

沈家华家　内　黄昏

〔打出字幕：2008 年，又一年的春节。沈秀妮和队友回到南京，沈家华患慢性肾炎，暂时出院。

〔沈秀妮走进家门，沈家华正坐在阳台的藤椅上晒太阳，闭眼休息。一旁的八哥鸟叽叽喳喳地叫着。

〔沈秀妮放下行李和吉他，慢慢地走过去，蹲在沈家华身边，握住他的手背。

沈秀妮：（轻轻地）爸，我回来了！

［沈家华缓缓地睁开眼，脸上露出笑容。

沈家华：我的妮妮回家了。怎么不告诉我时间？好让震震爸爸开车去接你们。

沈秀妮：（握住沈家华的手，摇摇头）我长大了，不用接了。

沈家华：（笑着拍她的手背）回来就好，回来就好！

［沈秀妮看着眼前的沈家华，眼里闪着泪光。

［沈家华头上布满了白发，苍老、倦乏、瘦削的面容，高耸的颧骨。

［沈秀妮缓缓伸出手摸父亲的脸颊。

沈秀妮：（轻轻地，心疼地）爸，您老了，瘦了。

沈家华：（扭扭头）嗨，爸爸都是六十多岁的人了，能不老吗？

沈秀妮：（怀疑地）这两年，您怎么一下子瘦了这么多？

沈家华：（笑笑）嗨，瘦还不好啊？千金难买老来瘦呀，爸爸巴不得能瘦一点呐。

沈秀妮：爸，您一定要注意身体，千万不能再累着。

沈家华：我都退休了，累什么呀。最多就是再给学生们上上课，习惯了。你不在家，爸爸一人想累都累不到呢！

［沈秀妮拿出自己的碟片放在沈家华腿上。

沈秀妮：爸，这是我的新专辑，我带回来给您。

沈家华：（拿着碟片，笑笑）谢谢女儿，你的碟片，爸爸早就买来听啦！

〔沈秀妮回到自己的房间，柜子上，摆着满满的几大叠专辑。

沈秀妮：（惊讶地）爸，您买了这么多？

沈家华：（走过来，笑着）呵呵，我发动身边所有的朋友和同事，都去音像店买你的专辑。这些碟片，是我放在家里留纪念和备用的。我怕到时候店里的碟片下架了，买不到，就干脆把它们都买回来了。

〔沈秀妮红了眼眶。

沈家华：（兴奋地）我每天都听你的音乐，都把你的歌放给你妈听。我都会唱了呢，还每天唱给你妈听。我唱几句给你听听。

沈家华：（戴上老花镜，拿起碟片看）唱哪一首呢？就唱《漂泊的心》，沈秀妮作词，肖磊作曲。我的心，一路漂泊，穿过大山，翻越海洋，只为了与你相遇。我的心，一路漂泊，走过沼泽，拨开迷雾，只为了找寻爱情……

〔沈家华像模像样地唱着，不时摆弄着僵硬的四肢。
〔沈秀妮站在一边看着，感动地流泪。
〔吃饭时，沈秀妮看着饭桌上的鸡大腿，红了眼。

沈秀妮：爸，我在北京，就想着您做的红烧鸡腿，连做梦都想呢。
沈家华：（给沈秀妮夹鸡腿）爸爸知道你想鸡腿了！多吃点！

〔沈秀妮将一个鸡腿夹到沈家华碗里。

沈秀妮：那里的饭菜再丰富，也比不上您做的。

沈家华：呵呵，瞎说！北京的饭菜肯定比爸爸做的强多了。你小时候啊，最不愿意吃爸爸做的菜了。不是嫌我肉没炖烂，就是怪我菜做得太咸。天天撅着小嘴给我看。

沈秀妮：（放下碗）外面的饭菜确实很可口，可是，就是做不出您的味道。

沈家华：呵呵，这么抬举你爸爸啊。我做的是什么味道啊？

沈秀妮：（咬着筷子，含泪，哽咽地）……爸爸的味道，温暖的味道……

　　［沈秀妮的眼泪滑下。

沈家华：（忍了忍，强装笑颜）嗨，你小时候给我愁的啊，天天想法子给你变换花样。我就担心你挑食，长不了个，身体发育不良。呵呵，没想到一转眼，闺女长得比爸爸还高了。现在，我们妮妮都成红歌星了。

沈秀妮：（流泪）什么红歌星，我永远是您的女儿，您的妮妮。那个……让您愁白了头的野丫头……

沈家华：（抹抹眼睛）嗨，你这孩子，去了北京几年怎么变得这么矫情了，爸爸都有些不习惯了。算了算了，还是改回你的本性，和爸爸顶顶嘴，吵吵架，这样我还习惯点。

沈秀妮：（握住沈家华的手）爸，我已经不是小时候那个让您伤透了心的妮妮了。以后，我再也不会让您失望了。

沈家华：（摸摸沈秀妮的头）好了好了，爸爸都知道。快，菜凉了就不好吃了。

〔沈秀妮望着白发斑斑的沈家华。

〔夜晚，沈秀妮与沈家华在床边坐下。她将一张银行卡递给父亲。

沈秀妮：爸，这是我几年来唱歌赞的积蓄。

沈家华：（推辞）妮妮，爸爸有钱，你自己留着花。

沈秀妮：（将卡塞进沈家华手里）爸，您收下吧，现在该轮到我孝敬您了。这钱你要花，你不花，我就生气了。

沈家华：哎，我花，我花……

沈秀妮：还有我给您买的那些补品，您别再往奶奶家放了，都成堆了。奶奶的我都买好了，这一份，是孝敬您的。

沈家华：（感动地点点头）哎，我吃，我吃还不行嘛。

沈家华家楼下　外　日

〔沈秀妮带着行李、吉他和父亲告别。

〔沈秀妮上前拥抱沈家华，亲亲他的脸颊。

沈秀妮：爸，我走了，您保重。身体不舒服就去看医生，别拖。我给您的钱，别留着，要花！

沈家华：知道了！你在外面要注意身体，按时吃饭！爸爸不能照顾你了，你要好好照顾自己。

沈秀妮：（点头，红着眼）爸，我知道了，您放心。我走了，保重，爸爸！

〔沈家华抱住沈秀妮，悄悄地将银行卡放进沈秀妮衣服的口袋里。

〔沈秀妮转过身，拖着行李不舍地走出了胡同。

〔沈家华弓着背，默默地注视着沈秀妮的背影，眼里泛着泪光。

飞机上　外　日

〔沈秀妮和队员坐在飞机上，肖磊忽然有了灵感。

肖磊：秀妮，身上有笔吗？我想到了一段曲。

〔沈秀妮赶忙摸口袋，却从中摸出了一张银行卡。

〔沈秀妮愣在那里，眼眶湿润。

沈家华家　内　夜

〔打出字幕：2010年春节过后。

〔沈家华在房间里，从抽屉里拿出自己的银行存折，又拿出一份存折，上面写着沈秀妮的名字，翻开看了看。这是沈秀妮从小到大，家华开户给她额外存的零用钱。

路上　外、内　日

〔沈家华来到银行汇钱。

沈家华：（将两份存折递给柜台小姐）你好，麻烦把这里面所有的钱取出来，存到沈秀妮的这个账户上。

柜台小姐：(拿过存折)您好，卡里的三十万元全部存入沈秀妮的账户吗？

沈家华：(点点头)对，对，全部存入沈秀妮的账户。

〔存完钱，沈家华拿着存折看了看，笑着走出去。

〔沈家华走到门口，头一晕，眼前一片黑暗，倒了下去。银行的工作人员立马围了上去。

〔120 救护车在路上疾驶而过。

北京　内　日

〔过场镜头，背景音乐。

〔打出字幕：2010 年 12 月，原野乐队全国巡回演唱会开演在即。

〔沈秀妮和队友正在排练厅紧张地排练唱歌和编舞。

工作人员：(上前递上手机)沈秀妮，你的电话。

〔沈秀妮接电话，脸色大变，手机掉在地上。

机场　外　日

〔飞机从地面飞起。

医院　内　日

〔沈秀妮拿着行李和吉他，飞奔到医院走廊上，全家人都在走廊
上流泪。

〔沈家华在重症监护室里，闭着眼，昏迷中。

〔沈秀妮丢下吉他，扑到沈家华怀里。

〔沈秀妮来到走廊上，沈家琪抱住她，流泪。

沈家琪：（悲痛地）妮妮，不能再瞒着你了。你爸……患了慢性
肾衰竭……晚期。

〔沈秀妮呆了，往后倒下去，眼泪从眼眶中掉了下来。

沈秀妮：慢性肾衰竭？晚期？

沈家琪：（哭着点头）就是……尿毒症……

沈秀妮：（绝望地）不——不——

沈家琪：你爸的病是累出来的，拖出来的。前两年，他就因为慢
性肾炎又进医院，但他硬是不让我们告诉你。他的病一拖再拖，也不
及时治疗。你爸总是想多上些课，多赚点钱，好给你筹嫁妆。

沈秀妮：（挽着沈家琪的胳膊，激动地，大声地）姑姑，我们
给爸换肾，做血透！现在我有钱了，我有能力承担了！

沈家琪：（摇摇头，痛苦地）没用的，妮妮。你爸的病，拖得
太晚了！医生说，你爸……最多还能活一年！

沈秀妮：（崩溃地）不——不——爸——爸——

〔沈秀妮与沈家琪抱头痛哭。

医院重症监护室　内　日

〔沈秀妮陪着沈家华，给他擦身、喂水、喂饭、剪指甲……

沈家华：（虚弱地）妮妮，别管我了，快回北京去！公司的人都在等你呢！

〔沈秀妮蹲在地上，靠在沈家华床边。

沈秀妮：（忍住眼泪）爸，我不走了，我就守着您！我要看着您好起来！

沈家华：（忍住情绪）任性的孩子，又耍脾气了不是！现在你不是属于爸爸一个人的了！

沈秀妮：（抱着父亲，头埋在他怀里）不！我就是属于爸爸的，我就是属于您的！

沈家华：不！现在，你属于原野乐队，属于唱片公司，属于你的歌迷，属于全中国的人！所以，你必须回去！

沈秀妮：（痛哭地）可对我来说，爸爸只有一个，只有一个！

沈家华：（哽咽地，推搡秀妮）回去！回去！我命令你，马上回去！

沈秀妮：这一次，我不要听你的话。我要守着您，我要照顾您……

沈家华：你这孩子，怎么永远认死理？

沈秀妮：不——爸——我舍不得您——我放不下您——

沈家华：（痛苦地闭眼）什么舍不舍得，你又不是不回来了，爸爸又不是得了什么了不起的病。我只是血压高，晕倒了一次，医生就让我住进重症监护室。真是的！等过几天你回了北京，我就能出院啦！

　　〔沈秀妮摇头，不停地流泪。

医院走廊　内　日

　　〔沈秀妮的手机一个接一个地响起，是公司的电话，催她赶紧回北京工作。

　　沈家琪：妮妮，快走吧，别误了大事。你爸有我们守着，你去吧！
　　沈秀妮：（哭着）爸爸就是大事，爸爸就是最大的大事！
　　沈家琪：（哭着摇头）妮妮，你爸爸这辈子，就是希望你能成才。现在你成功了，你爸别提多高兴了。他说他要好起来，要去北京看你的演唱会！

　　〔沈秀妮捂着嘴痛哭着。

医院重症监护室　内　日

　　〔沈秀妮来到病房内，贴着沈家华的脸。

　　沈秀妮：爸，我走了，我走了！您好好养病，等我！等我年底回来接您去北京看我的演唱会！然后我们一起回南京，参加我的家乡巡演第二站！爸，您一定要等我！

沈家华：（昏昏沉沉地半张着眼）好，爸爸等着妮妮。我们拉钩！

沈秀妮：（伸出手指）我们拉钩，说话算话！

〔两人拉钩。

沈秀妮：爸，我走了，保重！我爱您！

〔沈秀妮在沈家华的额头上深深一吻，眼泪滴在沈家华的脸上。

〔沈秀妮捂着嘴走出来，和家人分别，一路哭着跑出走廊。

〔沈家华闭眼，一滴泪从眼角滑落。

〔沈家华的手里紧握着沈秀妮儿时戴的那枚粉红色发夹。

北京某体育场　外　日

〔沈秀妮戴着墨镜，和乐队配合彩排节目。风很大，吹散了秀妮的长发。

〔沈秀妮边唱边想起病重的父亲，唱得泪流满面。

路上　外　日

〔沈家华在家人的陪伴下，坚持出了院。

北京某体育场　外　夜

〔打出字幕：沈秀妮在北京度过了二十五岁生日后，于北京时间

2010 年 12 月 18 日晚七点半，和原野乐队成员在北京某体育场举行万人全国巡回演唱会的首场演出。

〔现场座无虚席，一片热闹的景象，歌迷们手里拿着荧光棒挥舞着，高喊着。

歌迷：原野！原野！秀妮！肖磊！付俊！一维！

〔沈秀妮和肖磊四人在后台化好妆，穿好演出服装，一切准备就绪。

〔沈秀妮的眼眶突然红了，听到阵阵的尖叫声，靠在肖磊的肩上。

肖磊：（坚定地）秀妮，不哭！我们人生的新篇章到来了，加油！

四人：（拍手鼓劲）加油！加油！原野加油！

〔灯光暗下。沈秀妮和乐队成员站在台上，一切安静无声。

〔灯光亮起，原野成员伫立在舞台中央。全场一阵热烈的掌声、尖叫声。

〔沈秀妮背着吉他，肖磊弹着贝斯，付俊弹着键盘，周一维打着架子鼓，每人面前竖着话筒。他们表演了一段原创音乐，演出正式开始。

沈秀妮：（捂着话筒，大声地）亲爱的歌迷们，大家晚上好！我们是，原野乐队！

〔台下一片片的呼声、尖叫。

沈秀妮：今天，是我们原野乐队成立九周年的日子。请允许我来介绍我的伙伴们，贝斯手肖磊！键盘手付俊！鼓手周一维！主唱沈秀妮！我们四个人，从高中创立乐队以来，走过了风风雨雨的九个年头，依旧不离不弃！六年前的今天，我们四人离开南京，来北京寻求我们的音乐梦想。今天，我们要用自己的歌声，来回报支持我们、喜爱我们的歌迷们！谢谢你们！

［台下一阵阵的欢呼声、尖叫声。

［秀妮将自己的手指放在嘴上，红着眼。

沈秀妮：嘘！在今天的演唱会开始之前，请给我五分钟。

［台下鸦雀无声。

沈秀妮：（深情地）我想对我生命中最重要的一个人说，我爱你。他就是我的父亲！此时此刻，他正身患重病，在南京的医院治疗。现在，我想把十六年前未完成的一篇文章念给大家听！那年我读小学三年级，考试的题目叫《我的母亲》。我当时交了白卷，作文得了零分，因为我母亲在我出生时就去世了。现在，我可以写了，我要把《我的母亲》这篇文章，献给我的父亲。因为，父亲就是我的母亲；我的母亲，就是我的父亲！我的母亲，他把毕生的心血都花在了我的身上。从我呱呱落地的那一刻起，他担负起了所有的重担……

［沈秀妮在台上激动地诉说着，泪水在眼眶里闪动。

［舞台下，有一个影子，坐在轮椅上，默默地看着台上的演出。

沈秀妮：……所以，我是个幸福的孩子。我有母亲，有父亲！我爱我的父亲，至此，一生！此文，献给我生命中最重要的人！爸爸，我爱您！谢谢！

〔台下响起了阵阵欢呼声和掌声。

〔台下的那个影子，抹着脸上的泪水，和歌迷们一起热烈地鼓掌。

〔沈秀妮准备开始唱下面的原创歌曲，工作人员递上一个字条。

〔沈秀妮打开一看，愣住了，立即泪流满面。她捂着嘴，激动得无法说话。

沈秀妮：（稳稳情绪，哽咽地）我要告诉大家一件事。我得到消息，我的父亲，从南京的医院赶到了北京的体育场，来观看原野乐队的演唱会！

〔台下一片哗然声。

沈秀妮：（激动地，颤抖着）现在，请把灯光对准台下，我想看到我的父亲在哪里。谢谢！

〔灯光洒在舞台下，在整个场上来回扫了一番，最后把光集聚在一个中心的位置。

〔沈家华疲惫地坐在轮椅上，戴着帽子和口罩，穿着厚厚的羽绒服。沈家琪和丈夫还有震震坐在一边。沈家琪红着眼，摘下沈家华的口罩。只见沈家华面色蜡黄，满脸憔悴地微笑着。

〔沈秀妮泪流满面，说不出话来。所有人都看着台下的沈家华。

沈秀妮：（颤抖着身体，哽咽地）请再给我一分钟，请允许我下台，和我的父亲拥抱！

〔现场顿时响起了雷鸣般的掌声。

〔沈秀妮放下吉他，从场上飞奔过去。（背景音乐响起）此时沈秀妮的脑海里，想起了从小到大父亲养育自己的一个个情景。

〔沈秀妮哭着跑到沈家华面前，跪在地上，猛地抱住沈家华。

沈秀妮：（激动地）爸——爸——爸——

〔所有观众站起身，给予一阵又一阵的鼓掌声。

〔灯光集聚在他俩身上，沈家华泪流满面，颤抖着双手抱住沈秀妮。

沈家华：（虚弱地）妮妮……加油……爸爸为你感到骄傲……

〔沈家华伸出手，与沈秀妮的手紧紧握在了一起，给予她信心和力量。

〔沈秀妮流泪点头，闭眼，在沈家华的额头上深深地给了一吻。透过灯光，沈秀妮和沈家华的眼泪同时掉下来。

〔沈秀妮重回舞台，抒情、悲伤音乐声响起。

沈秀妮：《我是真的爱你》，献给我伟大的父亲。谢谢您，拖着病重的身体从南京赶到北京，来看我的演唱会。（深深鞠了一躬）还要把它送给我在天上的母亲。虽然我没有亲眼见过您，但是您那伟大的精神与母爱却陪伴了我二十五年！你用自己的消逝，用自己的生命，换来了我的生。妈妈，您是世界上最伟大的母亲。女儿永远怀念您！同时，也献给在座的每一位朋友，献给伟大的亲情、爱情和友情！谢谢！

　　［台下的鼓掌声一阵接一阵。
　　［沈秀妮坐在椅子上，缓缓地抒情地唱着。

　　沈秀妮：曾经自己，像浮萍一样无依……从此为爱受委屈，不能再躲避，于是你成为我生命中最美的记忆……我整个世界已完全被你占据，我想我是真的爱你……

　　［沈家华、沈家琪坐在台下，默默地流泪。
　　［一曲终了，大家不断地鼓掌。

　　沈秀妮和乐队成员：（唱起《原野》）我们是乖孩子，我们没有钱、没有权，只有一把心爱的琴。我们是乖孩子，我们有梦、有思想，还有一张会唱歌的嘴。我们是可爱的大孩子，乘着理想的翅膀踏上这片金色的原野。爸爸、妈妈，你们别慌张，你们别害怕，我们不犯法。我们就是唱着自己的歌，带着我们的梦想和你们的思念去远方！那是伟大的梦啊，带着我们嘹亮的歌声飞向那漫无边际的原野。我们的原野啊，带着你们的寄托和想念出发啦！原野啊原野，我们来啦！原野啊原野，我们梦中的原野！来啦！来啦！

　　［原创歌曲贯穿其中：《我明了》、《苦中作乐》……

沈秀妮：（唱起《漂泊的心》）我的心，一路漂泊，穿过大山，翻越海洋，只为了与你相遇。我的心，一路漂泊，走过沼泽，拨开迷雾，只为了找寻爱情。是谁带我走进这奇妙的画卷，是谁告诉我要有坚定的信念。不是所有人都能感受这种境界，不是所有人都会看清这个世界。我们不求大富大贵，我们不求年轻貌美，只要怀揣一颗流浪的心，就不会害怕天塌地裂。我们一起去追寻，一起去流浪，一起去追忆我们的梦想，和那颗永无止境漂泊的心……

〔沈家华坐在轮椅上，手慢慢地滑下去，握着的粉红色发夹掉在了地上。

舞台后台　外　夜

〔《我是真的爱你》背景音乐响起。

〔沈秀妮飞奔到后台。

〔120 救护车在门口等着，沈家华躺在急救床上，沈秀妮哭着握住沈家华的手，脸埋在他的身上。

沈秀妮：爸——爸——谢谢您来听我的演唱会！

沈家华：（迷糊地）妮妮，爸爸已经不行了，能撑到你开演唱会，爸爸已经心满意足了！这下，爸爸安心了，可以放心地去了！

沈秀妮：（崩溃地）爸——爸——您别走——别丢下我——

沈家华：（坚定地）妮妮，答应爸爸，把演唱会进行下去！把它唱到底！歌迷不喜欢看到你哭，给我坚强起来！我沈家华的女儿，是最勇敢，最棒的！不许哭，抬起头来！

〔沈秀妮点点头，哭到不能自已。

沈家华：快答应爸爸！一定要将演唱会成功地唱完，听到没？

沈秀妮：（使劲点点头）我答应你，爸爸！我可以！我一定可以！

沈家华：（颤抖着抹去沈秀妮的泪）快去吧，妮妮，别误了大事！你看，这么多歌迷都来给你们捧场，说明你们成功了。加油！爸爸为你们感到骄傲！

沈秀妮：爸——我不离开你——我不离开你——

沈家华：（推搡着秀妮）快去——快去——记住，把歌唱事业坚持到底，唱更多的好歌给歌迷听！别忘了，唱给你妈和我听……加油女儿，爸爸永远爱你！照顾好自己，照顾好自己……

沈秀妮：（被迫松开了手）爸——爸——爸——

〔沈秀妮被工作人员带走了。
〔沈家华握住肖磊的手。

沈家华：肖磊，伯父拜托你……拜托你好好照顾我们的宝……好好照顾妮妮……

肖磊：（哭着点头）伯父，我答应您，我一定会照顾好秀妮。请放心！

沈家华：（坚决地，哽咽地）答应我，照顾她一辈子！

肖磊：（使劲地点点头）伯父，我答应您，照顾秀妮一辈子！

〔沈家华将一个小盒子塞进肖磊手里，握紧他的手。

沈家华：（激动地）好，你答应了，答应照顾我女儿一辈子！那么，你娶她，娶她！

〔肖磊打开盒子一看，是一对白金情侣戒指。肖磊的眼泪掉在盒子上。

沈家华：（心痛地、哽咽地恳求）拜托了，肖磊，答应我，娶妮妮！让她成为世界上最幸福的女人！在我闭眼之前……

肖磊：（流泪使劲点头，感动地）哎，爸！我答应您，娶秀妮！我肖磊，一定让沈秀妮成为世界上最最幸福的女人！

沈家华：（流泪点头，欣慰地）好！好孩子！爸爸谢谢你，谢谢你了！爸爸走了，去得也放心。有你照顾妮妮，我安心！我安心！

〔沈家华被 120 医护人员推上救护车，车往医院方向驶去，发出一阵阵刺耳的笛声。

舞台　外　夜

沈秀妮：（忍着悲痛）接下来，原野要向我们的偶像，Beyond 乐队致敬。《海阔天空》，送给敬爱的黄家驹大哥和他的乐队！

歌迷：（齐声）Beyond、Beyond！原野、原野！

〔偶像 Beyond 乐队的《真的爱你》、《光辉岁月》……

〔沈秀妮和乐队成员一人一句唱动力火车的《我不知道》，高潮部分，沈秀妮眼泪不断掉下，心痛万分。

〔灯光暗下。再亮起时，只见肖磊拿着红玫瑰，慢慢走到沈秀妮身边。全场沸腾，尖叫声不断。沈秀妮惊呆了。

肖磊：（单膝跪地，深情地）亲爱的沈秀妮同学，我们这一路，走过了 3285 天。九年来，我们每天在一起，学习、唱歌、排练、创作。九年，让我们彼此熟知，从同学到朋友，从朋友到知己，从知己到合作伙伴，再从合作伙伴到恋人。今天，我想让我们的关系再进一步。我肖磊，在体育场，在亲爱的万人歌迷面前保证、宣誓：我会永远守护你，陪伴你一生一世。无论富贵、贫穷、健康、疾病，不离不弃，相依相伴！沈秀妮，我爱你！请嫁给我！

〔沈秀妮感动地泪流满面，激动得说不出话来。

歌迷：（起立齐声）嫁给他！嫁给他！嫁给他！

〔场上响起了婚礼进行曲。
〔沈秀妮上前抱住肖磊，两人哭着紧紧相拥。
〔肖磊为沈秀妮戴钻戒时，沈秀妮的泪滴在了戒指上。
〔沈家华被送到医院，心电图显示为零。
〔打出字幕：在沈秀妮与沈家华分别仅半小时后，沈家华停止了心跳。
〔沈秀妮和肖磊拉着手鞠躬感谢，台下的歌迷久久地站在原地给他们掌声。
〔沈秀妮在后台的手机一个接一个地响起，屏幕闪动。

北京某医院　内　夜

〔北京医院，沈家琪和丈夫、儿子陪伴在沈家华左右。他们在病床前痛哭，送别沈家华。

舞台　外　夜

〔台下气氛达到高潮。

〔沈秀妮手握话筒，无名指上的钻戒闪闪发亮。

沈秀妮：（深情地，冷静地）带来最后两首歌曲，送给亲爱的朋友们。（演唱曲目的背景音乐响起）我们从南方来到北方，一路追寻我们的音乐梦想。北上的那一刻，我们手里只握着一张火车票。今天，我们拥有了这么多爱原野的歌迷。是你们赋予我们力量，让我们在音乐的道路上，继续勇敢、坚定地走下去！动力火车的《南下北上》，送给你们！

〔音乐声响起，全场沸腾，所有人起身齐声合唱。

沈秀妮和队友：（握着话筒，每人一句）走在分隔岛，车子左右咆哮，不如沉默吧……零点后，南下北上，手里的车票是这份爱今后去向……你和我，南下北上，就算有一万个不甘愿又能怎样。凌晨阳光，依然会平息尘土飞扬，温暖我们的眼眶……

〔歌迷齐声合唱，高举荧光棒。沈秀妮和队友们感动得泪流满面。

沈秀妮：（音乐声响起）最后一首歌，它有一个很好听的名字，《蜗牛》。每当累了，遇到困难和挫折，想象自己就是一只小小的蜗牛，在庞大的世界里，一步步地努力向前爬。不退缩，不放弃！小小的一片天，也可以有大梦想！《蜗牛》，送给所有朋友们！谢谢大家！

〔沈秀妮和成员站成一排，每人一句，台下歌迷合唱。

合唱：该不该搁下重重的壳，寻找到底哪里有蓝天。随着轻轻的风轻轻的飘，历经的伤都不感觉疼。我要一步一步往上爬，等待阳光静静看着它的脸……让风吹干流过的泪和汗，总有一天我有属于我的天……

〔音乐声不断，沈秀妮和队友手拉手站成一排，向在座的歌迷深深鞠躬、致谢。

歌迷：（齐声）原野！原野！原野……

舞台后台　外　夜

〔四人下台相拥而泣。
〔沈秀妮拿起手机一看，撒腿跑出去。她一路奔跑，眼泪狂飙。

医院太平间　内　夜

〔沈秀妮穿着演出服火速赶到医院太平间，她跪在地上，趴在沈家华的床前放声痛哭。

沈秀妮：爸——爸——我来晚了——妮妮不孝——妮妮不孝——爸——您醒醒啊——看看我——我们成功了——成功了——我要接您回南京看我的巡回演唱会——爸——

〔沈秀妮双手环抱沈家华的躯体，手上的那枚钻戒闪闪发亮。

南京墓园　外　日

〔打出字幕：沈家华的骨灰从北京运回南京。
〔一路上，沈秀妮捧着骨灰盒。
〔沈秀妮及家人、乐队成员、沈家华的学生，站在沈秀妮父亲与母亲的墓碑前，含泪上香、献花。

沈秀妮：（红着眼眶）爸，您安息吧。女儿一定不辜负您的期望，将音乐之路进行到底。妈，现在您再也不会孤单了，爸来陪您了。你们的爱，将会在这片土地上，永生！

〔沈秀妮流泪转身，肖磊搀扶着她向前走去。
〔墓园内一片肃静。
〔打出字幕：沈家华，由于慢性肾衰竭晚期抢救无效，于2010年12月18日晚22点11分病逝，享年六十五岁。

沈家华家　内　黄昏

〔沈秀妮站在父亲和母亲的遗像前，红了眼眶。

〔沈秀妮手里握着那张红色的银行存折，里面有父亲这些年来省吃俭用积存下来的三十万元。她看着遗像上的父亲，泪光闪动。

〔沈秀妮和肖磊在整理房间。

〔沈秀妮从桌上拿起那枚粉红色发夹，对着镜子，将它夹在披肩长发上，微笑着。

沈秀妮：（转头）亲爱的，我这样好看吗？

肖磊：（深情地）你和小时候一样，一点都没变。

〔有人按楼下门铃。

肖磊：（接听）秀妮，楼下有快递！我帮你去拿！

沈秀妮：（上前）没事，我去吧！

沈秀妮：（来到楼下，邮递员递上一份快递）沈秀妮，你的快递！

沈秀妮：（签字）谢谢啊！

肖磊：（跑下楼，搭着沈秀妮的肩膀）老婆，是什么快递？

〔沈秀妮拆着快递，手上的钻戒在夕阳下显得极为闪亮。

沈秀妮：不知道是什么，好像是歌迷寄来的。

〔沈秀妮打开一看，是一张塑封的相片。相片上有三个人，沈秀妮小时候，沈家华年轻时，李秀莲年轻时。沈秀妮笑了，一滴泪掉下来，滴在相片上。

〔打出字幕：歌迷为了完成沈秀妮的心愿，制作了这张幸福的全家福。

〔沈秀妮注视邮递员踏上自行车，缓缓地往胡同口骑去。

〔沈秀妮回头，一眼看见楼道口，沈家华的那辆自行车还停在那里，上面落了厚厚的一层灰。

〔沈秀妮想到了沈家华生前骑车载着自己的情景。

〔情景再现：从幼儿时坐在前座的沈秀妮（三岁）、年少时坐在后座的沈秀妮（七岁）、青少年的沈秀妮（十二岁），画面不断转换。

〔沈秀妮红了眼眶，默默注视远方。

沈秀妮：（转头握住肖磊的手）亲爱的，你用这辆自行车载着我，在院子里转转吧！

肖磊：（立马明白，笑着）好，我这就上楼拿抹布！

〔沈秀妮拉住肖磊，上前一步，熟练地从车座下取出一块抹布，拿在手上晃了晃。

〔肖磊拿着沈家华生前用过的抹布，将自行车擦干净。自行车的车轮上布满了铁锈。

肖磊：（坐上自行车，转头笑着）老婆，上车！

沈秀妮：（跳上车，拍拍肖磊宽阔的背）我们走吧！

肖磊：（按按暗哑的车铃，踩着踏板）走咯！

〔肖磊带着沈秀妮，从胡同这头向胡同另一头骑。沈秀妮双手抱住肖磊的腰，将自己的脸贴在他的背上，微笑着。

〔自行车轮转动与腿部踩踏的特写。

〔情景再现：沈家华载着沈秀妮骑车，双脚踩着踏板。沈家华笑着按响亮的车铃，载着幼时的沈秀妮、年少时的沈秀妮、青少年的沈秀妮，各个画面不断切换。沈秀妮阵阵爽朗的笑声传遍了整条胡同。

〔打出字幕：自行车划过的年轮⋯⋯

（剧　终）

70，80，90

在这座充满魅力与诱惑的都市中，人们为各自的理想生活行走、奔波。在他们身上，发生着形形色色的故事。今夜，又将发生些什么？

上海　外　夜

〔打出字幕：上海。

〔上海的夜景，外滩、高楼大厦、来往的车流与行走的路人，一片灯火辉煌的景象。

〔画外音：在这座充满魅力与诱惑的都市，人们为各自的理想生活行走、奔波。在他们身上，发生着形形色色的故事。

酒店　内　夜

〔打出字幕：2011 年 10 月 2 日。

〔上海外滩的美景，一男一女在酒店旋转餐厅靠窗的位置吃烛光晚餐。

男方：亲爱的，来，为我们的纪念日，为美丽的今夜干杯！

女方：（含情脉脉地）为今夜，也为我们美好的明天，干杯！

〔两人碰杯，喝酒。女方感慨地望向窗外的夜景。

酒店　内　夜

〔打出字幕：2011 年 10 月 2 日。

〔上海外滩的美景，一对新人在同一家酒店举行婚礼，新娘新郎在门口迎接宾客。

〔婚礼仪式上，新娘挽着父亲走向红地毯。

〔新人说誓言、交换戒指、拥抱、倒酒。

〔宾客热烈鼓掌。

酒店酒廊　内　夜

〔打出字幕：2011 年 10 月 2 日。

〔一位浓妆的漂亮女生，一手拿香烟，一手拿酒杯，和一群朋友在同一家酒店的音乐酒廊卡座，欢快地庆祝生日。

〔一位帅气的小伙和一帮朋友在同一家酒店的音乐酒廊卡座聚会，他拿着酒杯，坐在一角默默地喝着。

〔三个场景快速转换：同一家酒店内，一男一女吃烛光晚餐，新郎新娘举行婚礼，女生和男生在各自聚会。

〔酒店全景，城市车水马龙全景。

〔出片名：《70，80，90》。

〔画外音：（男声）在今天之前，他们各自过着平静的生活；但在今天之后，他们的命运发生了意想不到的转变。故事就从今夜开始，不过，还是先来看看他们的昨天吧。

上海　内、外　日

　　[一位戴着细框眼镜的男士，穿着衬衫、西裤，打着领带，拿着公文包走进一家机关单位。

　　[打出字幕：丁海滨，1977 年 7 月出生。某区司法局基层工作科副科长。

　　[一位皮肤白净，沉稳、内敛的女士，身穿丝质衬衣，紧身一步裙，坐在单位电脑前写文稿。

　　[打出字幕：祝洋，1979 年 12 月出生。某报社编辑。

丁海滨与祝洋家　内　夜

　　[傍晚，丁海滨开车到报社接祝洋下班，两人一起回家做饭、吃饭。

　　[打出字幕：他们是大学同学，是彼此的初恋，是结婚七年的夫妻，至今没有孩子。

　　[过场镜头：晚七点半，两人坐在沙发前，吃水果，喝茶，看电视。九点，丁海滨在电脑前写工作报告；祝洋在沙发前翻杂志。十点半，两人来到洗手间，刷牙、洗脸。两人进卧室，丁海滨在床上翻报纸，祝洋在梳妆台前护脸。十一点半，两人同时上床，熄灯。

　　[画外音：这就是丁海滨和祝洋的 70 后生活，每天几乎重复着一成不变的内容。起初，他们想丁克，过简单的二人世界。时间一长，重复的生活变得平淡无味。工作繁忙，加上缺乏交流，他们的话题变少了，也渐渐失去了热恋时的激情与快乐。他们很少争吵，却经常冷战。

　　[过场镜头：祝洋拿着验孕棒，又一次失望地看着上面的一条杠。

祝洋站立在教室讲台上，对着台下朗读。祝洋到医院看专科，喝中药。祝洋在学校和学生告别，眼里泪光闪闪，不舍地离开。祝洋来到报社报到，信心十足地打开电脑。家中，祝洋看着手中的验孕棒，坐在马桶上捂住头沉默。丁海滨默默地坐在沙发上抽烟。

〔清早，丁海滨照旧起床洗漱，穿衬衣。祝洋坐在梳妆台前。

祝洋：老公，我们的结婚纪念日快到了。不如，我们去庆祝一下吧？
丁海滨：好啊，听你的。

〔祝洋对着镜子梳头，眼里闪过一丝凝重。

上海　内　日

〔设计室，一位身穿浅蓝色 T 恤、牛仔裤的时尚青年，对着电脑上的室内设计图和客户进行沟通。

〔打出字幕：武杰，1981 年 2 月出生。某装饰公司首席室内设计师。

〔广告公司，一位身穿黑色小西装、紧身裤，白色漆皮高跟鞋的时髦女子，在会议室和同事们讲解策划构思的 PPT。

〔打出字幕：沈蓓儿，1982 年 9 月出生。某著名广告公司策划部主管。

〔过场镜头：沈蓓儿的电脑上传来武杰的 QQ 消息。亲爱的老婆大人，会议顺利吗？中饭吃了啥？（外加一个大大的笑脸）沈蓓儿：会议很顺利，请老公放心。中午喝了点粥，胃不舒服。武杰：老婆不要紧吧？休息休息，晚上想吃什么？我去买。沈蓓儿：下班后去妈妈

家吃饭，她买了很多菜。武杰：OK，没问题，爱你。武杰发了一个红唇，
一朵玫瑰，一颗红心，一杯咖啡的图案。沈蓓儿开心地一笑。

〔画外音：他们曾经是合作伙伴，是朋友。在男方的热烈追求下，
两人走到一起。2008 年 8 月 8 日登记注册，至今没有举办婚礼。两
人一致采取新潮的做法，对外宣称没有结婚，没办酒就是单身。

武杰与沈蓓儿家　内　夜

〔两人来到沈蓓儿娘家，一家四口有说有笑地吃饭。出门时，沈
蓓儿母亲将菜用饭盒装上，带给小两口。武杰和沈蓓儿各自开车一前
一后回家，途中两人并排，向对方做鬼脸和手势。回家，武杰将饭盒
放进冰箱。两人拿着零食并排打开各自的电脑。武杰玩游戏，沈蓓儿
看恐怖片。沈蓓儿逼武杰看恐怖片，武杰时不时地拿手挡住脸，从食
指缝中看画面。沈蓓儿拿掉武杰的手，边笑边往他嘴里塞薯片。武杰
鼓着嘴，满脸痛苦的表情。

〔画外音：这就是武杰和沈蓓儿的 80 后生活，幽默、天真不失情
趣。两人在工作中扮演着成熟稳重的白领角色，生活中却又像是两个
长不大的孩子。这是他们喜欢的生活方式。哪怕在一起打打骂骂，面
红耳赤，也被视为一种生活情趣。再大的争吵，只要武杰温柔地哄哄
沈蓓儿，两人激情地缠绵一番，什么烦心的事都没了。

〔十一点，武杰将沈蓓儿抱到床上，两人逗乐。

武杰：（吻住沈蓓儿的脖子）老婆，我想要。

沈蓓儿：你想要什么呀？

武杰：我想要……你的……人。

沈蓓儿：只想要我的人啊？

武杰：（调皮地）你的人，你的心，你的灵魂和思想，我都要！

沈蓓儿：那你最想要我的什么？

〔武杰皱眉头，假装握住拳头，调皮地一笑。

武杰：我最想要你的……全部！

沈蓓儿：贫嘴！

〔两人亲吻，武杰抚摸沈蓓儿的身体，即将进入主题。

沈蓓儿：（拉住武杰的手）等一下！今天是几号？

武杰：9月6号，怎么了？

沈蓓儿：糟糕，我的大姨妈到现在还没来！

武杰：真的吗？你确定？

沈蓓儿：确定，过了原来的日期。

沈蓓儿：（连忙打开床头柜，拿出验孕棒）老公，五分钟后我还没有出来，你进来救我！

〔洗手间里，沈蓓儿拿着验孕棒，闭眼，咬嘴唇。

沈蓓儿：上帝保佑……上帝保佑……

〔沈蓓儿睁开眼，看着验孕棒，瞪大眼睛，张大嘴巴，一屁股坐在马桶盖上。

沈蓓儿：（扯大嗓门）武——杰——

武杰：（钻进洗手间）老婆，怎么样？

沈蓓儿：（睁大双眼）我——怀——孕——了！

〔武杰呆住，手里拿着的避孕套小盒子，扑通一声掉在地上。

〔大床上，摆满了各式各样的避孕套小盒子。武杰趴在床上，呆呆地看着它们。

武杰：从今天起，它们下岗了。

沈蓓儿：（摸摸武杰的脑袋）没事，一年以后，我会让它们重新上岗的。

沈蓓儿：（坐在床边，木木地）接下来，我们应该做什么？上医院检查？

〔武杰瘪嘴摇摇头。

沈蓓儿：告诉亲戚朋友？

〔武杰摇摇头，假装正经。

沈蓓儿：那到底要干什么嘛？

武杰：（张大双眼，一板一眼地）办——婚——礼！

〔两人快速上网浏览婚庆公司，打电话托人定酒店。

沈蓓儿：（失望地）上海的酒店都定到 2012 年了。

武杰：（跪在地上，吻吻沈蓓儿的手背一本正经地）老婆，你放心，有我在，不用等到 2012，就是挤破头皮我也要在你肚子还没大起来之前，为你举办一场难忘、隆重的盛大婚礼！

沈蓓儿：（摸着武杰的脸颊）老公，我们的婚礼要提前了！

武杰：幸好，我已经为你们娘俩准备了堪称上海最豪华地段的房子，等宝宝出生时，就住进由他爸爸亲手设计的小花园里。

沈蓓儿：（假装欲哭无泪）可是，你还要还每个月的贷款。

武杰：老婆，这种小事就交给我吧。你就负责吃喝拉撒，把咱们的宝宝抚养成人。做爹的，先在这儿谢谢您啦！

沈蓓儿：（吻住武杰的嘴唇）那就辛苦老公了。

上海　外　夜

〔一位身穿休闲格子衬衣，蓝色牛仔裤，黄色休闲鞋，戴着白金项链的帅气小伙子，嘴里嚼着口香糖，听着摇滚乐，驾驶一辆白色宝马车快速向前行驶。

〔打出字幕：蒋云，1990 年 10 月出生，富家公子。

〔台球厅内，蒋云和朋友专注地打着台球。

蒋云：（放下杆子）走，喝几杯，闷死了。

朋友：（开上跑车，大声地）老地方！

〔两人放大音乐，在都市的夜色中飙车。

〔酒吧内，蒋云和一大帮朋友举杯喝酒，旁边有女孩相伴左右。

朋友：（搭着蒋云的肩）怎么样，今天看中了哪一个啊？

蒋云：（拿着酒杯，不以为然地）差不多啊，来夜场的都一个样。要是哪个敢素颜登场，我直接把她领回家！

朋友们：（起哄）蒋大少爷要审美疲劳咯！

[画外音：他是 90 后的富家公子，什么都不缺，唯独缺的就是……哪怕众星捧月，他还是觉得寂寞和失落。生活的躯壳，他可以填得很丰满；生活的本质，他却觉得很贫乏。

KTV 包厢　内　夜

[一位戴帽子，身穿紧身上衣、超短裙、高跟鞋，画着浓妆的漂亮女孩，一手拿香烟，一手拿话筒，和一堆朋友在包厢里欢快地唱歌。

[打出字幕：潘晓晓，1990 年 10 月出生，富家千金。

[一男子深情地望着潘晓晓，和她对唱情歌《广岛之恋》，边唱边将手搭在她的肩膀上。

[男子敬了潘晓晓一杯酒，两人干杯，朋友热烈鼓掌。

[包厢外转角处，潘晓晓靠在墙上，男子搭住她的肩。

男子：晓晓，你看，我们能不能……

潘晓晓：（微笑着拿掉他的手）不能！

男子：（吃惊地）为什么？

潘晓晓：（凑近男子耳根）你有没有听说过逢场作戏四个字？现在我把它送给你！

［潘晓晓拍拍男子尴尬的脸颊，转身高傲地离去。

［潘晓晓进包厢。

朋友：怎么样，又是一个痴心种跪倒在美人的石榴裙下了？

潘晓晓：（拿起酒杯一饮而尽，不屑地）癞蛤蟆想吃天鹅肉！

［画外音：她是 90 后的富家千金，生活中没有难得倒她的东西，更没有让她畏惧的东西。在她的世界里，想要什么就一定会有什么。如果不想要，就是有八座大轿来抬也捂不热她的心。

［蒋云和朋友们一起开心地喝酒、聊天。

［潘晓晓和朋友们一起开心地喝酒、唱歌。

［画外音：这就是蒋云和潘晓晓的 90 后生活，自由而洒脱。他们有着相同的背景，共同的爱好和生活方式。表面光鲜，内心却深藏着孤独和脆弱。最致命的，是他们极度缺乏安全感。他们想用华丽的外表掩盖内心的不安，纵使条件多么优越，也弥补不了他们的软肋。这代人的问题在于，什么都有了，却不知道自己真正需要的是什么。

酒店　内　夜

［镜头闪回。

［打出字幕：2011 年 10 月 2 日。

［上海外滩的美景，酒店全景。

［吃完烛光晚餐的丁海滨与祝洋，相互扶着出电梯，走在酒店的长廊上。

［祝洋将房卡放在门上，两人进入一间别致、浪漫的全透明玻璃江景房。

［洗手间传来阵阵水声，祝洋穿着性感蕾丝睡衣站在窗前，凝望外滩的夜景，眼里闪过一丝沉重。

［丁海滨裹着浴巾出来，祝洋立马堆起微笑转身。

丁海滨：（摸着祝洋的头发和肩膀）老婆，今天你真美。

祝洋：（挽住丁海滨的腰）难道我平时就不美吗？

丁海滨：美，今夜更特别。

祝洋：能迷倒你吗？

丁海滨：已经将我迷倒了……

［两人倒在床上，缠绵起来。

［激情过后，两人拥抱着。

祝洋：老公，你看，我们一直住在你奶奶留下来的老房子里，装修早已经过时了。不如，我们把老屋重新改造一下，你看怎么样？

丁海滨：好啊，我也有这个想法。老婆，就听你的。

［祝洋小鸟依人地抱住丁海滨。

酒店　内　夜

［打出字幕：2011 年 10 月 2 日。

［武杰和沈蓓儿在同间酒店举行婚礼，新人在门口迎接宾客。

〔蒋云随同父亲来到现场，和新人握手。

沈蓓儿：蒋叔叔，您来了！请，请，请！

蒋云父亲：蓓蓓，恭喜恭喜啊！叔叔终于等到这一天了！

沈蓓儿：您能来我真是太荣幸了！

蒋云父亲：这是我儿子，蒋云！

〔沈蓓儿与蒋云四目相视，握手。

〔几人合影。

〔蒋云坐在位子上低头看手机，父亲和朋友打招呼聊天。

〔婚礼仪式上，新人说誓言、交换戒指、拥抱、倒酒。宾客热烈鼓掌。

〔蒋云默默地看着台上的新人。

〔现场灯光暗下来，蒋云拿出手机，对着台上的新娘偷偷拍了一张照片。

〔新人敬酒，沈蓓儿给蒋云敬酒、敬烟，蒋云羞涩地红了脸。

〔敬完酒，沈蓓儿转身回头看了眼蒋云。蒋云坐在原位，用餐布捂住嘴巴，眼睛一直盯着沈蓓儿看。

〔新人在门口送宾客，沈蓓儿目送蒋云和他父亲，蒋云父亲先一步离去。蒋云坐上车，摇下车窗，看着沈蓓儿，新郎武杰忙着送其他宾客。沈蓓儿朝蒋云微微一笑，蒋云回应。蒋云发动汽车，轰的一声离开。

〔沈蓓儿望着远去的车影，用手摸摸肚子。

〔沈蓓儿送完宾客，刚想转身进去。背后一阵响声，蒋云的车又开了回来。

［沈蓓儿猛地回头，惊讶地看着他。

［蒋云朝沈蓓儿的方向走来。

沈蓓儿：是不是落了什么东西？

蒋云：（低头）哦，不是，朋友在酒廊聚会，我去到个场。

沈蓓儿：噢，那祝你玩得开心！

蒋云：（害羞地）谢谢，再见！

［蒋云点一下头，微微鞠躬，从沈蓓儿身边快速经过。

武杰：（走出来）亲爱的，还有客人没走吗？

沈蓓儿：没了，我们进去吧。

酒店酒廊　内　夜

［蒋云赶到酒廊卡座。

朋友：来晚了啊，蒋大少爷，先罚三杯！

蒋云：（用拳头挡住嘴巴，咳嗽一声）刚才有事。

［蒋云接过酒杯，连喝三杯酒。

［酒廊的舞台上，爵士歌手在演唱。

［远处，潘晓晓也和朋友在喝酒、聚会。

［蒋云来到洗手间的水池洗手。

［潘晓晓喝多了，晃晃悠悠地来到洗手间的水池前。

〔潘晓晓没站稳，一头栽倒在蒋云的身上，将脏物吐在他身上。

蒋云：（推开潘晓晓，恼怒地）喂！你怎么回事啊？

〔潘晓晓的朋友过来，扶住潘晓晓。

朋友：不好意思啊，她喝多了！对不起，对不起啊！

〔蒋云不断抽出洗手台上的纸巾擦拭自己的衬衫。

潘晓晓：（迷糊地）真不好意思啊帅哥，把你的衣服弄脏了，你脱下来，我给你洗！

蒋云：（厌烦地）不用了不用了，你们管好她吧！

〔潘晓晓等人离去，蒋云扫兴地脱下衬衫，用湿毛巾擦拭一番，穿着白背心进了卡座。

朋友：（嘲笑地）呦，都开脱了啊，该不会是直接在厕所就那个了吧？哈哈哈！

蒋云：去去去，胡说八道什么，遇到了一个醉妞，吐得我一身脏！

朋友：哈哈，我看那妞是故意的吧！

〔蒋云卡座对面不远处，正好是潘晓晓的卡座。潘晓晓拿起酒瓶，招呼大家喝酒，随着音乐不断地扭动身子。

朋友：（望着潘晓晓）是那个女孩吗？

蒋云：（瞥一眼）就是她。

朋友：还不错噢。

蒋云：呵呵，没想法。

朋友：少来，我们蒋大少爷还会有没想法的时候？

蒋云：你有想法？让给你了！

[蒋云拿起酒杯一口喝下，看着远处的潘晓晓，沉默着。

[朋友们一阵起哄。

酒店门口　外　夜

[深夜，蒋云一伙人和潘晓晓一伙人同时在酒店门口相遇。

潘晓晓：（指着蒋云，迷糊地）哎，又是你啊？我没把你怎么样吧？

[蒋云反感地扭过头。

潘晓晓：（拍着胸脯）今天我生日，我最大，有什么事找我好了！

蒋云：（厌烦地，小声地）神经病！

蒋云朋友：呵呵，看来这小妞是吃定你了。

蒋云：少来！走了！

[蒋云拿着衬衫开车离去。

蒋云家　内　夜

〔蒋云将车开进别墅的停车库。

蒋云:(拿出手机拨号)24 小时洗衣店吗？我这里有衣服要干洗！

〔蒋云开门，一个伙计站在门口取衣服。

蒋云：你把这件衬衫好好洗洗，给我洗两遍，一定要洗干净了，我可以加费用。

〔蒋云来到浴室，脱下白背心，皱着眉闻闻胳膊。他打开水龙头，好好地冲了个澡。

蒋云家　内　日

〔小鸟在树上叽叽喳喳地叫着。
〔蒋云趴在大床上熟睡。
〔门铃响，阿姨开门，伙计将纸袋递给她。

伙计：您好，这是干洗好的衣服。

武杰工作室　内　日

〔祝洋和同事小惠来到设计室。

小惠：祝洋，这就是我朋友推荐的室内设计师，武杰。

武杰：（递上名片）你们好，这是我的名片。

祝洋：你好，武设计师。

［祝洋和武杰作了沟通，大致讲了户型、结构还有需求等。

武杰：这样吧，明天我去府上实地看看。

丁海滨与祝洋家　内　日

［祝洋接待武杰，武杰在房间里审视一番。

武杰：（来到客厅）祝小姐，您放心，我会用最快的速度把设计图纸拿出来。

祝洋：（主动握手）那就拜托您了。

［武杰离开前，看了一眼客厅墙上祝洋和丁海滨合影。

司法局门口　傍晚　外

［傍晚，丁海滨和同事拿着公文包走出大楼。

［潘晓晓靠在宝马 mini 车门上，戴着太阳镜，嘴里嚼着口香糖。

［丁海滨经过她身边，两人互相望望。

丁海滨：（转向同事）哎，那个女孩是谁啊？

同事：（轻声地）她呀，就是我们顶头上司的千金。

丁海滨：（惊讶地）潘局长的女儿？

同事：正是！

［丁海滨想了想，又回头看了眼潘晓晓。

同事：（耸耸丁海滨胳膊）怎么，看呆了？

丁海滨：没有！

同事：（玩笑地）嗨，谁让我们都是有家有室的老男人呢！要是我再年轻几岁，保准去追她，这样也不用混到现在还是个可怜的副科待遇。

［丁海滨若有所思地向前走。

丁海滨与祝洋家　傍晚　内

［手机响，祝洋接起。

武杰：祝小姐，设计图纸我画好了，您看什么时候方便过目？

祝洋：今天我有点不舒服，要不，明天我来工作室取？

武杰：这样啊，那我现在把图纸送到府上，您看方便吗？

［祝洋看了一眼墙上的钟，指在下午五点。

祝洋：行，我等你。

丁海滨与祝洋家　傍晚　内

〔门铃响，祝洋开门。

祝洋：您好，快请进。

武杰：（将图纸交到祝洋手里）祝小姐，请您过目。

祝洋：（一看）真不错！快坐！你要喝什么？咖啡、果汁还是茶？

武杰：咖啡吧。

祝洋：（进厨房）黑咖啡好吗？

武杰：祝小姐，你怎么知道我爱喝黑咖啡？

〔祝洋在咖啡杯里倒上咖啡，冲上热水，拿勺子搅拌。

祝洋：（放下勺子）艺术家，应该喜欢喝黑咖啡吧。

祝洋：（将咖啡端到茶几上）请慢用！

武杰：（喝一口咖啡）谢谢，很香，看看我的设计稿吧。

祝洋：（满意地点点头）真棒，这样的格局我很喜欢。

武杰：（指着客厅）我把厨房的这堵墙推掉，做成开放式的厨房。在墙的位置，做成欧式的吧台……

祝洋：这样，我就可以一边看电视一边做饭了，呵呵。

武杰：除了祝小姐要求的田园风格之外，我还添加了一点简欧的元素在里面。这样做到了既淳朴、简单，又不失浪漫、时尚。

祝洋：我非常喜欢，真的很感谢，您的构思就是我想要的。

武杰：应该的，设计师必须了解客人真实的需求。否则，出来的作品就没有存在的价值了。

〔两人互相对望几秒。

〔武杰拿起杯子，默默地喝了两口。

祝洋：吃点水果吧。

〔祝洋拿起杯子喝了两口茶。

武杰：祝小姐，身体不舒服吗？看您的脸色不太好。

祝洋：（不好意思地）嗯，没什么，肚子有些不舒服。

武杰：（点点头）哦，明白。

〔祝洋低头，拿起茶杯又喝一口。

武杰：女孩子在特殊时期，最好不要喝茶，喝点热水吧。

〔武杰从一旁拿过空杯子，倒上热水，递给祝洋。

祝洋：（愣愣，接过杯子）呵呵，谢谢。

祝洋：看你的样子，应该比我小。

武杰：可我不觉得你比我大。

祝洋：我肯定比你大，我 79 的。

武杰：我，81 的。

祝洋：我说吧，我比你大两岁呢。

武杰：冒昧多问一句，祝小姐是几月份的？

祝洋：我月份晚，12 月。

武杰：那这么说，你只比我大 1 岁，准确来说大了 14 个月。

祝洋：呵呵，大一天也是大。

武杰：（沉默，拿起桌上的火龙果）我不客气了。

祝洋：请随意。

［丁海滨开门进来，祝洋和武杰起身。

祝洋：回来啦，我给你们介绍，这是我先生丁海滨，这是武杰，室内设计师，这次旧屋改造工程由他来全权负责。

［两人握手。

丁海滨：小武设计师，幸会幸会，真是年轻有为，一表人才啊！

祝洋：小武设计师拿来了设计稿，你看。

丁海滨：哦，很漂亮，是我太太喜欢的风格。

武杰：这是我的初稿，二位先过目。有什么不满意，需要改动的地方就和我说，我会及时修改。那，我先走一步。

丁海滨：武设计师，要不，留在这儿吃顿便饭再走吧，尝尝我的手艺。

武杰：（看了眼祝洋）吃饭，就算了吧，不打扰你们。

丁海滨：不打搅，我爱人最喜欢吃我做的菜了。

武杰：真要请吃饭，等到竣工后吧！

丁海滨：也行。那说好了，到时候，咱们好好喝两杯。

武杰：没问题，二位，我先告辞了。

〔丁海滨和祝洋把武杰送出门。

丁海滨：（进屋）这小伙子挺有才的。

祝洋：有什么需要改动的吗？

丁海滨：一切听你的，你喜欢就OK。我买了乌骨鸡，看你这两天的脸白煞煞的，给你好好补补血气。

〔丁海滨进了厨房，祝洋坐在沙发上，看着武杰用过的咖啡杯和水果盘。

〔祝洋将手伸向杯子。

丁海滨：（探出脑袋）亲爱的，要放几颗红枣吗？

祝洋：（赶紧收手）好啊。

〔祝洋拿着咖啡杯和水果盘进了厨房，将一片火龙果放进丁海滨的嘴里。

祝洋：甜吗？

丁海滨：嗯，很甜。

〔祝洋低头将杯子放进水槽，定定，开水龙头冲洗杯子。

蒋云家　傍晚　内

〔蒋云一家邀请沈蓓儿一家做客。

沈蓓儿父亲：老蒋啊，一转眼，云云都这么大了。我可是看着他一点点大起来的噢。

蒋云父亲：呵呵，是啊，一转眼的功夫。真没想到，当年我也是看着蓓蓓大起来的，小丫头现在都为人妻了，真快啊。老沈呐，我们是不得不服老啊。

沈蓓儿父亲：是啊，我们老了。

蒋云父亲：来来，吃水果。

［沈蓓儿母亲和沈蓓儿在院子里转悠。

沈蓓儿母亲:(轻声地)记住了，你现在有身孕,可别向外宣扬出去。

沈蓓儿：知道了，妈，真迷信。

沈蓓儿母亲：老人的话要听的，前几个月不能声张，不要惊动宝宝。咱们进去吧，和云云他们聊聊天。

［沈蓓儿坐在沙发上，拿过抱枕抱住。蒋云在对面看着她，有些不好意思。

蒋云父亲：儿子啊，你记不记得蓓蓓姐姐?

［蒋云挠挠脸颊，笑笑。

蒋云父亲：你小时候，经常跟在蓓蓓姐姐后面玩。你七岁那年，就是蓓蓓姐姐带你去的动物园。

〔蒋云想了想，疑惑地笑笑。

蒋云父亲：后来你吵着要吃棒棒糖，蓓蓓姐姐就去小店给你买。可你吃完棒棒糖又吵着要吃烤鸡，她又带着你跑了很多路排队去买烤鸡。你说你淘气吧？

〔情景再现，闪回。

蒋云：(恍然大悟) 原来，小时候带我去动物园的就是……蓓蓓姐？
蒋云父亲：(笑笑) 可不是嘛！
沈蓓儿：(看着蒋云，不好意思) 原来，小时候那个爱吃鬼就是……蒋云？

〔蒋云不好意思地挠挠头皮，沈蓓儿愣愣地望着他。
〔大家围坐桌前，干杯、吃菜，蒋云和沈蓓儿坐在一起。

沈蓓儿：(捂住嘴起身) 你们慢用！

〔蒋云皱起眉。

沈蓓儿母亲：你们多吃点，我去看看。

〔两人回到餐桌上。

蒋云父亲：蓓蓓，身体不舒服吗？

沈蓓儿：没事，蒋叔叔。

蒋云：没事吧，蓓蓓姐？

沈蓓儿：没事，没事。

沈蓓儿母亲：蓓蓓昨天有点吃坏了，没事！

［沈蓓儿拿起果汁喝了几口，蒋云默默地望着她，眼神里有一丝怀疑。

［蒋云在生日蛋糕上点蜡烛。

蒋云父亲：儿子，许个愿吧。

［蒋云看看沈蓓儿，闭上眼。

蒋云父亲：呵呵，我猜他今年可能想要一辆保时捷。

蒋云：（闭着眼）爸，我不想要保时捷，我想要路虎。

蒋云父亲：（笑着指指他）这孩子！

［蒋云睁眼，看看沈蓓儿。大家鼓掌，吹蜡烛。

［蒋云手机响，蒋云走到一边接起。

蒋云：（轻声地）嗯，我在家呢，一会过来。

蒋云父亲：又是那帮朋友叫你吧？

蒋云：（走过来）嗯，他们定好了包厢，给我过生日。

蒋云父亲：（没好气地）没看到这么多人都在给你过生日吗？

蒋云：（低头）知道，结束了我再过去。

沈蓓儿：没事，蒋叔叔，不早了，我们也该回去了。蒋云，有朋友在等你，就快过去吧，别扫了他们的兴。

蒋云：（不好意思地）真不好意思，蓓蓓姐。那你们再坐会，我先告辞。

［沈蓓儿看着蒋云离去的背影，深思。

蒋云父亲：（笑着指指蒋云的背影）这个孩子啊，就知道玩。

沈蓓儿父亲：年轻人嘛，应该多玩玩。

蒋云父亲：不务正业，玩物丧志啊。

沈蓓儿父亲：嗨，年轻时不玩什么时候玩，难道还等到像我们这么一把年纪吗？想玩都玩不动了。只要他们分清主次就好。

蒋云父亲：我这个儿子，就是分不清主次！如果他能把玩的劲头分一半到我的生意上，那我也好少操点心咯。

沈蓓儿父亲：哎呀，老蒋啊，年轻人的世界，我们就不要多加干涉了，他们会有自己的盘算的。蒋云这孩子聪明，不怕干不成大事。你看我那个女婿，事业上年轻有为，可也是个长不大的孩子，也喜欢天天趴在电脑前玩游戏。这爱玩的心啊，不分年龄，是不是啊，女儿？

沈蓓儿：（不好意思地）爸……

蒋云父亲：哈哈哈，来来来，吃水果。

KTV 包厢　内　夜

［蒋云和朋友在 KTV 包厢内唱歌，一片热闹的景象。

朋友：（拿着话筒）今天，是我们蒋大少爷的生日，我们为他干杯！祝愿他越来越帅、越来越发、越来越受美眉的喜爱，哈哈哈哈！

〔所有人举杯。

蒋云：（拿着酒杯）我蒋云，在这儿谢谢兄弟姐妹了，我爱你们，干了！

〔蒋云一口喝下杯中的酒。

〔蒋云出包厢，转弯时，撞到潘晓晓。

蒋云：（皱眉）怎么又是你？

潘晓晓：呀，你不是我生日那天喝醉酒吐你一身的那个帅锅吗？

蒋云：（靠在墙角）呵呵，知道就好。

潘晓晓：这样吧，我赔你一件衬衫好了。

蒋云：你以为那件衬衫很便宜吗？香港买的，大陆很少有的！

潘晓晓：你以为我没钱吗？笑话，富二代了不起啊！

蒋云：（翻开自己的衣领）看清楚了，也是这个牌子，你自己看着办吧！

〔蒋云转身离去。

潘晓晓：喂，我还不知道你叫什么名字？

蒋云：（背着身）蒋云！

潘晓晓：（追上去）把你的手机给我！

蒋云：干什么？

潘晓晓：记电话呀！

蒋云朋友：（追来，将他一把拉走）嗨，蒋少爷在干嘛呢，我们要分蛋糕了，快走！

潘晓晓：（跟在身后）喂，喂！蒋云，蒋云！

〔潘晓晓跟着他们，朋友们不由分说将蛋糕扣在蒋云脸上，开心地追打起来。

〔潘晓晓笑笑，回自己的包厢。

〔潘晓晓拿着话筒，心里美滋滋地唱歌。

〔潘晓晓再次来到蒋云的包厢门口一看，里面空了。

潘晓晓：这里的客人呢？

服务员：（打扫）刚走。

KTV 门口　外　夜

〔潘晓晓跑到大门口，见蒋云和朋友们在告别。

潘晓晓：怎么，这么快就要走？

蒋云：不然还要在包厢里过夜吗？

〔蒋云进车里，发动引擎。

潘晓晓：（着急地拦住车窗）你还没把号码给我呢？

蒋云：（冷冷地）不好意思，没电了。

潘晓晓：把你的号码告诉我！

蒋云：（摸摸鼻子，笑笑）139XXX……

潘晓晓：（拿手机记下号码）你不知道我的号码，怎么打给我？

蒋云：小姐，我可没说过要给你打电话。

潘晓晓：（任性地）我不管，你必须打。回到家睡觉之前，我一定要接到139XXXX的电话。否则，我会找到你家去的。

蒋云：哼，你有本事！我不知道记不记得住你的号码，我这个人，很健忘的。

潘晓晓：（从包里拿出口红）没关系，我会让你记住的。

［潘晓晓用口红在蒋云车子的前挡风玻璃上写下一串号码。

蒋云：（恼怒地）喂，你这是干什么？快给我擦掉！

潘晓晓：（挑衅地）我叫潘晓晓，再见！

蒋云：（摸摸车上的口红印，看看自己的手）喂，喂！

［蒋云狠狠打了自己的车，咬住嘴唇望向远处。他想到一个好办法，歪嘴笑笑，出发。

潘晓晓家　内　夜

［时钟指在凌晨两点，潘晓晓恼怒地看着手机，没有任何反应。
［潘晓晓拨打手机。对方传来：您好，您所拨打的电话已关机。

潘晓晓：（生气地将手机摔在床上）好你个蒋云，有种！

［清晨，手机响。
［潘晓晓闭眼接起。

对方：你好，请问你是潘晓晓吗？
潘晓晓：我是啊，你谁啊？
对方：请问那宝马车是你的吗？是要卖吗？
潘晓晓：（迷糊地睁眼，愣愣）谁要卖车了，无聊！

［潘晓晓挂掉电话，继续睡。
电话又响：你好，是潘晓晓吗？请问你多少一夜，我愿意出高价，你开个价吧！

潘晓晓：（猛地睁开眼，从床上蹦起来）我去你的！给我滚蛋！

［骚扰电话一个个来，潘晓晓站在床上，胡乱地抓着头发。

潘晓晓：（气急地，大声地）蒋——云——

［潘晓晓拨蒋云电话。

对方：（东北口音）喂，找谁啊？
潘晓晓：我找蒋云！
对方：打错了！

潘晓晓：喂，喂？

潘晓晓：（又打一个）我找蒋云，蒋云！

对方：拜托小姐，我不是蒋云！

潘晓晓：那你是谁？

对方：我是工地上做活的，小姐，你要找工人是吗？那好啊，可以找我的。

潘晓晓：（气得歪了嘴巴，狠狠摔了手机）蒋云——你混蛋！

蒋云家楼下　傍晚　外

〔傍晚，天色暗下来。

〔蒋云来到车库取车，发现旁边站着潘晓晓，吓了一跳。

蒋云：不会吧，你真的找到这里来了？

潘晓晓：（靠在自己的宝马 mini 车上）怕了？我说过你不打给我，我会找到你家里的，信了吧！

蒋云：（甩着钥匙开车门）信，你这么神通广大，还有什么事做不出来的？

潘晓晓：你去哪？

蒋云：去吃饭啊。

潘晓晓：正好我也饿了。

〔潘晓晓想坐进蒋云的车，却被他一手锁上车门。

蒋云：（得意地）想要追我，来啊！看看是你的宝马快，还是我的宝马快！

［蒋云一脚油门冲出去。

［潘晓晓快速坐回自己的宝马 mini 里，追了上去。

潘晓晓：（誓死地）蒋云，我就不信我追不到你！

马路　傍晚　外

［蒋云和潘晓晓两人在大马路上追赶飙车，蒋云快速拉了一把，潘晓晓也不示弱，一脚油门上去，和他并排。

蒋云：（大声地）呦，小宝马还不赖哦！

潘晓晓：（大声地）废话，你以为就你的 5 系快吗！

［蒋云歪嘴一笑，又一脚油门冲出去。

潘晓晓：（追上去，探出脑袋）蒋云，你个混蛋！你把我的号码放在车上，还写上我的名字你太过分了！

蒋云：（得意地）别忘了，这个号码可是你写的，我只是给你加了个名字而已！

潘晓晓：我是让你记住我的号码，可没让你带着它上街去招摇！你故意不擦掉，害我被人骚扰了一整天！

蒋云：红唇配宝马，倒是给我的车增添了不少回头率呢！

潘晓晓：你个王八蛋！你把一个民工的电话给我，就以为我找不到你了吗？

    蒋云：是吗？我还以为我给你的是哪个 CEO 的号码呢！

    〔潘晓晓火冒三丈，上前追蒋云的车，用左车头去碰他的车右前方。

    潘晓晓：我看你还敢嘴硬！

    蒋云：你疯啦？让开！

    潘晓晓：我就不让，我潘晓晓不是那么好欺负的！

    蒋云：算我错了还不行嘛，你快让开！照这么说，你还吐我一身脏呢！

    潘晓晓：一码归一码，你的衬衫我会赔给你。但你这样要我，我不会善罢甘休的！

    〔潘晓晓加大油门猛地朝蒋云的车子上撞去。车子被蹭破，两人停下来，在路边打着跳灯。

    蒋云：（两手叉腰，怒气地）这下你满意了？我要找交警！

    潘晓晓：别叫了，车子我全责，我全赔还不行嘛！

汽车修理厂　傍晚　外

    〔修理厂，两部宝马车一起维修、喷漆。

    技工：先生，您车上的号码要擦掉吗？

    蒋云：当然要擦！

技工：（笑笑）现在不能擦，要等三天后油漆干了才能洗车。

蒋云：（挠挠头皮）哎，算我倒霉，让它待着吧。

潘晓晓：（进宝马 mini 车里）我要去海鲜大排档！

［蒋云摇摇头跟着她。

武杰与沈蓓儿家　　傍晚　　内

［沈蓓儿在厨房准备饭菜。

武杰：（进家门）老婆，我回来了！

［武杰从身后抱住沈蓓儿的腰，使劲闻着她身上的香气，不断吻她的颈项。

沈蓓儿：（笑笑）讨厌，我做饭呢！

［武杰搂住沈蓓儿的脖子，用手伸向她的胸前，轻柔地抚摸着。
［沈蓓儿应和着。
［武杰将沈蓓儿转过身，两人热烈地亲吻起来。
［武杰兴奋地抚摸着沈蓓儿的腰身，大声地喘着气。

武杰：（将头埋在沈蓓儿胸前）老婆，我想要！

沈蓓儿：傻瓜，我现在是有孕在身，你忘了啊？

武杰：好怀念我们以前的日子……

〔沈蓓儿抱着武杰的头，两人回想着。

〔情景再现：沈蓓儿在厨房做饭，武杰冲进厨房，从身后抱住她，激情地吻她的颈项，沈蓓儿热烈地回应着。武杰一把将沈蓓儿抱到台板上，两人激情地拥吻起来……锅里的菜在炉子上沸腾着。

〔闪回，两人猛地停住。

武杰：（喘气，顿顿）好，你的身体最重要，我帮你做饭。

沈蓓儿：不用了，你加了一天班累了，去沙发上歇会，马上可以吃饭了。

武杰：（亲亲沈蓓儿）那辛苦老婆大人了，我去洗个澡。

〔沈蓓儿愣住，放下手里的菜，眼里闪过一丝忧郁。锅里的菜沸腾着，发出扑腾扑腾的声响。

〔武杰打开浴室的蓬头，闭眼，让热水从头淋到脚。他搓搓脸，吐一口气，甩甩头，用热水代替心中的欲望。

丁海滨与祝洋家　傍晚　内

〔丁海滨在厨房做饭，祝洋窝在沙发上看电视。电视里正好播放外国电影里男女亲热的镜头。

〔祝洋叹口气，换了频道。

〔丁海滨走出厨房，来到沙发前，站在祝洋身后。

丁海滨：饭做好了，老婆。

〔祝洋向上伸手拉住丁海滨的胳膊，将他的手放在自己胸前，闭上眼，享受着。

丁海滨：（笑笑，想抽出手）怎么啦？

祝洋：不要放手……

祝洋：（闭眼，抚摸丁海滨的脸颊，深情地）吻我，吻我……

〔丁海滨吻过祝洋的脸颊，颈项。

〔祝洋主动将衬衣解开扣子，将丁海滨的手放入其中。

丁海滨：真的想要了？

〔祝洋不回答，闭眼让丁海滨抚摸自己的前胸。

丁海滨：（慢慢将手抽出来，吻吻祝洋的脸）好啦，你现在是特殊时期，不可以的。去洗手，开饭了。

〔丁海滨走向厨房。

〔祝洋睁开眼，失望地愣在那里。

〔祝洋站在洗手间的镜子前，看着自己，用手轻轻抚摸颈项和前胸，将衬衣的扣子扣上。

〔祝洋打开柜子，拿出护手霜擦手，陷入思索中。

〔画外音：是不是所有的男人都不懂情调？祝洋问自己。她觉得夫妻在一起不单单只有性，还应该有，热情和浪漫。

〔祝洋重重地关上柜子的门。

海鲜大排档　外　夜

〔海鲜大排档，座无虚席，一片热闹的景象。

〔潘晓晓点了一桌海鲜，蒋云傻眼，不动筷。

潘晓晓：怎么，怕吃坏肚子啊？真没用！

蒋云：（咳嗽一声）这么多你吃得完吗？

潘晓晓：（拿起一个生蚝）有我在，怕什么！

〔蒋云叹口气，拿起筷子吃起蔬菜来。

潘晓晓：原来也有蒋大少爷怕的东西啊？

蒋云：谁说我怕了？吃就吃！

〔蒋云吃起一个香螺来。

〔潘晓晓往嘴里塞了个小龙虾，蒋云也对着她吃了龙虾。两人对峙起来。潘晓晓吃虾，蒋云也吃虾；她吃蟹，他也吃蟹。

潘晓晓：喂，看来你家很有钱哦？

蒋云：还好啦，马马虎虎。

潘晓晓：你爸你妈一定很疼你这个宝贝儿子。

蒋云：（吐出壳）他们离婚了。

潘晓晓：（扔掉蟹壳，惊奇地）是吗？你爸妈离婚了？我也是哎！

蒋云：瞎扯！

潘晓晓：骗你干嘛！我爸妈在我十五岁的时候离婚的，我跟我爸，你呢？

蒋云：我也跟我爸。他们虽然离婚了，可还在一起做生意。

潘晓晓：呦，这么有意思？离婚不离钱啊？

蒋云：感情合不来，不代表不能一起做生意。不做夫妻，也可以做商场上的伙伴。

潘晓晓：不错，有钱还是一家人花，哈哈哈。

蒋云：你呢，大小姐，敢把我们家都翻得底朝天，你爸是派出所的吧？

潘晓晓：我爸是公安局局长！

蒋云：真的假的？

［潘晓晓大笑。

蒋云：一看就不是，你爸要是公安局局长，也不可能会有你这样的女儿。

潘晓晓：你……我难道很差吗？

蒋云：差倒不差，就是能逼死人。

潘晓晓：（歪嘴笑笑，得意地）告诉你吧，我爸是司法局局长！

蒋云：果然厉害！高官的千金，惹不起啊。

潘晓晓：蒋家大少，也不好惹啊。

蒋云：我一个做酒生意的小家庭，哪有您的位置高啊。

潘晓晓：（拍拍手上的碎末）好啦，都是同条船上的人，就别再互相抨击了。哎，你哪年的？

蒋云：90。

潘晓晓：（兴奋地）我也是90年的哎，属马！

蒋云：少在这里和我套近乎。

潘晓晓：谁和你套近乎，本来就是事实！不信给你看身份证！

[潘晓晓拿出身份证，蒋云接过一看，哼笑一声。

蒋云：还真是 90 的啊，还和我同年同月出生。悲哀啊……

潘晓晓：喂，你会不会说人话？没文化，大学没念吧？

蒋云：哎，你别说，我还真就读了个工商管理专科，刚毕业。现在正和我爸取经呢。

潘晓晓：我看像你这样的纨绔子弟，直接买张文凭不就得了，还浪费三年宝贵的时间干嘛？

蒋云：（学潘晓晓样）你会不会说人话？大学没念吧？

潘晓晓：（扑哧一声笑了）你不学我说话会死啊？

蒋云：我虽然不爱上学，但是每次上课我一定会到。

潘晓晓：哼，那是因为上大课可以看到很多美女。

蒋云：哎，你怎么知道，还真是这样！

潘晓晓：哼，你们男人的心理我还不知道，没一个好东西！

蒋云：谁说的，我就是好的。你呢，潘家大小姐，你上大学了吗？

潘晓晓：和你一样，上了个艺术类专科，现在正发愁做什么呢。

蒋云：（看看潘晓晓）小姑娘品相不错，让你老爹去电视台给你弄个主持人的职务嘛！

潘晓晓：不是没想过，不过我还看不上。

蒋云：那你想做什么？

潘晓晓：（贴近蒋云耳朵，轻轻地）我想做……蒋家少奶奶。

蒋云：（推开她）神经病，你以为你是宋美龄啊。

潘晓晓：（摸着蒋云的脸颊，坚定地）蒋家大少爷，我吃定你了。

蒋云：（皱眉，一扭头）你还吃不吃海鲜，都凉了。

潘晓晓：看把你吓的，跟你开玩笑呢！追求我潘晓晓的人，横跨上海几个区，不要搞错噢！本小姐能看上你是你的福气，别不识抬举！

蒋云：（喝下杯中的可乐，轻声地）我看是我的晦气还差不多。

潘晓晓：（一手抓住蒋云的脖子）你说什么？

蒋云：（高举双手）大小姐，我投降，求求你把那油腻腻的手拿下来！

潘晓晓：（拿掉手，一笑）这样多好，省得你晚上擦脸油了。

［趁蒋云上洗手间，潘晓晓拿过蒋云的手机，按了自己的号码。潘晓晓的手机响，她拿起看看上面的号码，得意地笑了。

海鲜大排挡车位　外　夜

［两人走到车位旁，潘晓晓上前抱住蒋云亲了一口。

蒋云：（用手擦脸）喂，你……

潘晓晓：改天，我会把衬衫送到你府上的！

蒋云：还是别了，别被我爸看到。

潘晓晓：哈哈，怕了啊，怕了就不要来招我啊！

蒋云：（上车）我不招你，我躲你都来不及！

［潘晓晓来到车边，快速拿出口红在自己的车上写下一串新的电话号码。

蒋云：（气急地）喂，你干嘛把我的号码写上去？

潘晓晓：（钻进自己车里，眯眯眼）一报还一报，谁让你给我个假号码。

蒋云：你……

潘晓晓：（在嘴上做了手势）啵！再见，亲爱的！

［潘晓晓背着他招手，一脚油门冲出去。

路上　外　夜

［蒋云在后面追，没有追上。他重重地拍打着方向盘，皱眉开车，将音乐开到最大声。

［蒋云手机响，接电话。

对方：喂，请问是蒋云吗？

蒋云：（不耐烦地）你哪位？

对方：这宝马车你要卖吗？

蒋云：（嘴歪，气急地）我卖，我卖，我卖你全家！

［电话又响。

妩媚女声：哈罗，是蒋老板啊？

蒋云：我是姓蒋，不过不是老板。

女声：今天晚上有没有兴趣，来酒店找我啊，保准让你满意而归……

蒋云：（气得咬牙切齿，抓抓头皮）我……不用我来找你，你来找我吧！

女声：也好啊，你住哪里，我来找你？

蒋云：我住火葬场，你来吧！要是不来，你死定了！

女声：神经病！

蒋云：（扔掉电话，按着喇叭，气急地）好你个潘晓晓，玩我？既然甩不掉你，那我们就好好来玩玩，看看谁玩得过谁！

〔蒋云一脚油门猛地前进。

武杰与沈蓓儿家　内　夜

〔深夜，武杰与沈蓓儿躺在床上。武杰抱住她，大声喘气，竭力忍住情绪。

沈蓓儿：老公，对不起噢，你再忍忍吧。

武杰：（叹口气，忽地起身）我去睡沙发吧。

沈蓓儿：（一把抱住武杰）不要，我不要和你分床。

武杰：可是这样，我睡不着。

〔沈蓓儿放掉自己的手。

〔武杰下床，亲亲沈蓓儿的脸颊，帮她盖好被子，拿过自己的枕头和被子。

武杰：你乖乖睡觉，我出去了！

〔武杰将房门关上，沈蓓儿失落地陷入思索中。

〔武杰来到客厅的沙发躺下，望着天花板沉思，慢慢闭眼。

〔半夜，武杰梦到自己与一个陌生女子激情地拥吻，他的脸上、身上全是汗。

〔第二天一早，武杰醒来，打开被子一看，自己的内裤湿了，赶紧跑进洗手间。

丁海滨与祝洋家　黄昏　内

〔门铃响，祝洋开门，武杰微笑地拿着设计图。

〔武杰和祝洋说着房间的设计与装修的细节，祝洋在一旁认真地听着。

祝洋：（递来茶水）请用茶。

〔武杰接过茶杯，手指触碰到祝洋的手指，她赶紧收回。

〔两人不好意思地低下头。

武杰：需要听一下您先生的意见吗？

祝洋：没事，他都听我的。

武杰：那行，如果没什么问题的话咱们马上就开工，您看行吗？

祝洋：行啊。

武杰：OK。那没什么事，我先回了。

祝洋：慢走。

〔天淅淅沥沥地下起了雨。

祝洋：（一看）哎，请等一下。

祝洋：（拿过一把深咖啡色长柄大伞）外边下雨了，带把伞吧！

武杰：谢谢，我开车来了。

祝洋：老小区不让停车，走出去还有些路，带着吧。

武杰：（看着伞）那，谢谢了，改天我带来还你。

祝洋：不客气，慢走。

〔祝洋站在窗口，拉开窗帘，看见武杰打着伞走在雨里。

〔武杰走到小区大门口，忽然转身望着窗口。

〔祝洋愣愣，往后退缩一步，微笑着挥挥手。

〔武杰站在原地望向窗口，拿起电话拨打。

〔祝洋手机响，显示武杰的名字。

祝洋：（接起）……有事吗？

武杰：哦，没什么，就是想谢谢你，伞很大，没有淋到雨。

祝洋：那……路上小心。

武杰：保重，再见。

〔祝洋默默地注视着武杰离去，眼神中带着一丝留恋。

〔祝洋将武杰用过的杯子拿在手里，用手指细细地触摸杯口，幻想着他的样子。

丁海滨与祝洋家　　内　　日

[祝洋的家进行重新装修，工人们开始敲敲打打。

[武杰在家中，指导工人干活。

[祝洋站在一边帮忙，递水。

祝洋：（拿着一大袋盒饭进门）来来来，师傅们辛苦了，先吃饭吧。

武杰：（愣了下）祝小姐，您太费心了。

祝洋：应该的，应该的。

[祝洋将袋子放在桌上，将盒饭一份份分好。

武杰：这些小事，大家可以自己解决。

祝洋：应该的。你们努力做好我的房子，我努力做好你们的后勤!

[祝洋将盒饭递到工人手里。

[武杰有些感动地望着祝洋。

[武杰和祝洋坐在椅子上吃盒饭。祝洋看见红烧肉，把它夹给了武杰。

祝洋：你辛苦了，多吃点。

武杰：哎，我够了，你一点不吃荤菜怎么行。

祝洋：我减肥啊。

武杰：还减啊，已经够苗条了。

祝洋：不行，年龄大了，看不到的肉会自己钻出来，马虎不得。

武杰：女孩子匀称就好，不必刻意减肥，像你这样刚好。

祝洋：（咬住筷子）真的？

武杰：嗯，真的。

［祝洋低头抿嘴笑。

武杰：看你先生工作挺忙的吧？

祝洋：嗯，他是公务员，局里的事情挺繁琐的，经常要应酬出差什么的。

武杰：你也很辛苦啊，又要工作，又要改造房子，你才是大功臣。

祝洋：（放下筷子）女人嘛，多担待点没什么，只要别人懂我的心意就好了。

武杰：那天，我在你家书房看见优秀教师的证书，原来你以前是老师？

祝洋：（愣愣，放下饭盒）教师太辛苦了，压力也大。我先生不想让我这么累，就让我改行换个轻松点的工作。

武杰：看得出你先生很疼你。

祝洋：其实一个家，有一个保得住饭碗的就够了。以前我对工作很拼命，错过了很多美好的东西。所以现在，我想把重心放在家庭生活上。

武杰：嗯，也对，累活就应该交给我们男人去担当。女人，是不应该活得太累的。

［祝洋低头，想想。

［祝洋将饭盒收拾好，拿垃圾准备出门。

武杰：我陪你去吧。

丁海滨与祝洋家楼下　外　日

〔两人来到楼下的垃圾桶旁，将垃圾扔掉。

武杰：（拍拍手，递上纸巾）擦擦手吧。

祝洋：（愣愣，接过）谢谢。听我说了这么多，也说说你吧。

武杰：我小时候的理想是当个科学家，后来长大才发觉，我最多也只能做个伪科学家。干脆来点实际的吧。现在，我要设计出更多更适合人们居住的好房子。

祝洋：（抬头望望楼房，感慨地）家，永远是最温馨的港湾。

武杰：（抬头看着）是啊，一回到家，什么烦恼都没了。

祝洋：（回头看他）你成家了吗？

武杰：我……（低头想想，皱眉挤出一句话）之前有个女朋友，不过，分了。

祝洋：不好意思啊。

〔武杰笑着摇摇头。

〔两人默默地上了楼。

丁海滨与祝洋家　傍晚　内

〔傍晚收工前，祝洋接到丁海滨电话。

丁海滨：祝洋，晚上单位有应酬，可能回来得很晚。

祝洋：你不回家吃饭了？

丁海滨：局里领导组织的，推不掉。你不要等我了，累了就先回娘家睡吧。

祝洋：嗯，那你少喝点酒，早点回来。

武杰：（用手挠挠头）你晚饭怎么办？

祝洋：（耸耸肩，笑笑）回妈妈家吃，或者，在外面吃。

武杰：（想想）要不，我请你在外面吃吧。

祝洋：方便吗？

武杰：方便啊！反正回家我也是一个人，正好你也一个人，就一起吧。

祝洋：（愣愣）那，好吧。

度假村包厢　内　夜

〔夜晚，木屋度假村，周围漆黑一片。屋外，暖黄色的灯笼照在寂静的湖面上，房间内灯火通明，远远地传来阵阵说笑与干杯声。屋内，三桌圆桌在聚餐、敬酒。

〔潘晓晓坐在一角，低头玩手机。

〔丁海滨坐在另一桌，喝着酒，远远地看着那桌的潘晓晓。

〔潘晓晓拨打蒋云的电话，却被按掉。她一口喝掉杯中的可乐。

丁海滨：（上前，坐在潘晓晓旁边）你好，还记得我吗？上次在单位门口我们见过。

〔潘晓晓应了一声，继续看手机。

丁海滨：你好，我叫丁海滨，基层科的。您怎么称呼？

潘晓晓：潘晓晓。

丁海滨：（故意地）冒昧问一句，您是我们单位的吗？

潘晓晓：（轻笑）你看我像吗？我陪我爸来的。

丁海滨：（假装地）哦，原来是家属，您父亲是？

潘晓晓：（抬起头）这不在那儿和人说话嘛！

丁海滨：（假装恍然大悟）潘局长？失敬失敬！原来是潘家千金，幸会幸会！

潘晓晓：闷死了，这儿都是上了年纪的大叔大伯，早知道就不来了。

丁海滨：呵呵，潘小姐如果闷的话，我陪你说说话，如何？

潘晓晓：你吃好了？

丁海滨：嗯，吃好了。

潘晓晓：吃好了陪我出去透透气。

度假村　外　夜

〔两人来到室外，面对昏暗的灯和寂静的湖面。

潘晓晓：（两手架在木栏上）哇，总算呼吸到新鲜的空气了。真讨厌这种场面，要不是晚饭没着落，我才不来这个鬼地方呢！

丁海滨：那潘小姐喜欢去哪里呢？

潘晓晓：唱歌、蹦迪、喝酒、打台球……都比来这个鸟不拉屎的地方强！

丁海滨：其实，我也不习惯这种应酬。

潘晓晓：吃饭敬酒陪笑脸，没个人和我说话，鸡同鸭讲，真无聊！

丁海滨：现在，不是有人陪你说话了吗？

潘晓晓：哎，我都想开溜了。

丁海滨：这方圆百里人地生疏的，走丢了怎么办？

潘晓晓：有导航啊，怕什么。再说了，我是无敌潘晓晓，什么都难不倒我。

丁海滨：呵呵，厉害！

潘晓晓：喂，你身上有烟吗？

丁海滨：有。

潘晓晓：给我一根。

丁海滨：你抽烟，不怕你爸爸知道吗？

［丁海滨从裤袋里拿出中华烟，掏出一根递给潘晓晓。

潘晓晓：（接过烟）他现在正和别人喝得畅快呢，哪有心思管我啊。

［丁海滨为潘晓晓点烟，潘晓晓抽一口烟吐出。

潘晓晓：痛快！

丁海滨：女孩子，还是少抽点烟比较好。

潘晓晓：想抽就抽，顾虑那么多干什么。人生短短几十年，要懂得及时享乐。

丁海滨：心里痛快了，可是身体迟早是会报复你的。

潘晓晓：哎呦，你怎么和我老爸一样那么爱唠叨？好不容易摆脱他，你又来约束我！

丁海滨：不是约束，是关心。

潘晓晓：要是真关心，就帮我想想怎么抓住男人的心吧。

快餐店　内　夜

〔沈蓓儿在快餐店排队点餐，发现旁边一排前方有个高个男生很眼熟，她上前一步。

沈蓓儿：嗨！

〔男生一回头，是蒋云。

蒋云：（睁大眼睛）蓓蓓姐？这么巧？

沈蓓儿：真的是你啊，我还以为看错了呢！

蒋云：你也来这儿吃东西？

沈蓓儿：嗯，我路过这儿，打包带回去。

蒋云：你先生呢？

沈蓓儿：他有应酬，我就自己解决了。你也一个人？

蒋云：（挠挠头）是啊。

〔两人付完账，蒋云正准备拿托盘找位置。

沈蓓儿：（想想）不介意的话，去我家做做客。婚礼那天你们走得早，也没有上家里去热闹热闹。

蒋云：方便吗？

沈蓓儿：方便啊。

蒋云：那好。服务员，麻烦帮我打包！

[两人提着袋子走到门口，蒋云的电话响起。

对方：嗨，兄弟，吃完饭来唱歌，105包厢，等你。

蒋云：哎呀，不来不来了，临时有变化，改天！

对方：小子，是不是又去泡哪个美眉了？

蒋云：（捂住嘴，轻声地）泡什么美眉，我真有正经事！

对方：你的正经事不就是泡妞嘛！

蒋云：再乱说绝交啊！

对方：好啦，说不过你，回头电联。

武杰与沈蓓儿家　内　夜

沈蓓儿：请进吧。

[蒋云一眼望向装修别致的房子，愣住了。

沈蓓儿：坐吧，喝点什么？

蒋云：可乐吧。

[沈蓓儿走进厨房，将打包的饭菜用碟子装好，放进微波炉加热。又从冰箱里拿出可乐倒在透明杯里。

［两人在沙发上边看电视，边用餐。

蒋云：这个房子，装修得真漂亮。

沈蓓儿：我先生是做室内设计的，房间的每一处细节都是他的构思。

蒋云：真棒，完美的设计！这个地段的房价可不便宜！

沈蓓儿：（笑着点点头）天价！

蒋云：你先生买的？

沈蓓儿：我们怎么可能买得起这么贵的房子！他们家出的首付，我先生还每月的贷款。

［蒋云点点头。

沈蓓儿：（看了一眼客厅）现在，我们所有的努力都是为了这套房子，成了不折不扣的房奴！

蒋云：不好意思，我没有经历过这些，没有什么太深的体会。

沈蓓儿：没关系，起点高是好事，更要好好珍惜。

蒋云：嗯。你们刚结婚，你先生就有这么多应酬？公司也不给你们放个大假，去度度蜜月什么的？

沈蓓儿：（想了想）说来惭愧，其实我们早在08年就注册登记了，只是一直没有摆酒。

蒋云：原来是这样，那现在也可以申请婚假啊。

沈蓓儿：（摸了摸肚子）呵呵，等以后空一点再说吧。

［蒋云的电话响，潘晓晓来电，他看看，按掉。

沈蓓儿：怎么不接啊？

蒋云：打错了。能借用下洗手间吗？

沈蓓儿：请便。

［蒋云来到洗手间，关门，将手机的电板取下放进口袋。上完厕所，他将自己右手无名指上的戒指取下，在手上抹了洗手液，洗完手出门。

度假村　外　夜

［潘晓晓再次拨打蒋云的号码。

对方：您好，您所拨打的电话暂时无法接通。

潘晓晓：（眯起眼，生气地）好你个蒋云，挂我电话又关机，看我回去怎么收拾你！

丁海滨：怎么，和男朋友吵架了？

潘晓晓：什么男朋友，最多就是一损友。

丁海滨：看得出，你蛮在乎他的。

潘晓晓：（口是心非地）我在乎他？算了吧，他有什么好值得我在乎的，不就是有几个臭钱嘛。

［潘晓晓抽完最后一口烟，将烟蒂扔在地上踩灭。

潘晓晓：（转身）走，进去。

武杰与沈蓓儿家　内　夜

蒋云：（看看表）时间不早了，我回去了！

沈蓓儿：我送你。

〔沈蓓儿将饭盒、饮料的垃圾收好，带着塑料袋下楼扔进垃圾桶。

蒋云：那我回去了，你早点休息。

〔天空开始打起响雷。

沈蓓儿：好像快下雨了，路上小心！

蒋云：哎。

〔蒋云上车后，看着反光镜中的沈蓓儿，定定，一脚油门出去。

〔沈蓓儿上楼，将茶杯洗干净放好。

祝洋娘家楼下　外　夜

〔武杰开车将祝洋送回娘家。

祝洋：谢谢你请我吃晚餐，下回，我请你。

武杰：不客气，早点休息，晚安。

祝洋：晚安。

〔祝洋下车，进小区。

〔武杰看看远去的背影，打方向盘走人。

祝洋娘家　　内　　夜

〔祝洋一人躺在床上辗转反侧，拿着手机翻看号码。翻到武杰一栏，定住，用手指在屏幕上摸了摸。

〔手机有信息提示，祝洋连忙点开，笑了。

武杰：睡了吗？

祝洋：想睡，睡不着。

武杰：没别的事，就是问候下。顺便说一句，伞忘记带了，下次还给你。

〔天开始闪电、打雷，下起雨来。

祝洋：下雨了！

武杰：你的伞很管用！谢谢！

祝洋：不客气，用得着就好。

〔祝洋的手机响，武杰来电。

武杰：嗨！

祝洋：嗨，到家了吗？

武杰：到家了！

［小区楼下，武杰在车里给祝洋打电话，大伞放在副驾驶上，外面下着雨。

蒋云家车库　内　夜

［蒋云将车开进车库。

蒋云：（将手机装上电板，给沈蓓儿去了电）嗨，我到家了！

沈蓓儿：到家就好，雨下大了。

蒋云：没别的事，报个平安。晚安。

沈蓓儿：嗯，早点休息，晚安。

［蒋云看着屏幕上的名字，蓓蓓姐姐，沉默。

武杰与沈蓓儿家　内　夜

［武杰回到家，将雨伞放在门口处。

沈蓓儿：（从卧室出来）老公，回来啦？

武杰：嗯，回来了！

沈蓓儿：下大雨了，淋湿没？

武杰：没有，带伞了。

［沈蓓儿看见了雨伞。

武杰：哦，公司里拿了一把。

沈蓓儿：晚上谈事顺利吗？

武杰：（径直进了洗手间）嗯，挺顺利的。你晚上吃什么了？

沈蓓儿：快餐。

武杰：哎，老婆，这儿有个戒指！

沈蓓儿：（跑进洗手间）在哪儿？

［武杰指指水池台上，一枚白金戒指赫然地展现面前。

武杰：（拿起戒指）我好像没见你有这款戒指？

［沈蓓儿想起刚才蒋云用过洗手间，估计是他落下的。

沈蓓儿：（将戒指拿过来）我新买的。

蒋云：你买这么大的戒指干嘛？

沈蓓儿：（将戒指套在大拇指上，向他展示）不可以吗？好看就买着玩啦！

［沈蓓儿走出去，握住右手拇指上的戒指。

［武杰不解地挠挠头皮。

祝洋娘家　内　夜

［祝洋在床上没睡着，听到门声，赶紧关机。

丁海滨：（全身湿漉漉地站在客厅）哎呀，好大的雨！

祝洋：（来到客厅）丁海滨，怎么全淋湿了？

丁海滨：没带伞，哎，老婆，咱们家那把大伞呢？

祝洋：（将头发挽向耳根，顿顿）哦，我，借给报社同事了，过几天就还回来。

丁海滨：哦，你先睡吧，我去洗个澡。

[祝洋看着丁海滨进洗手间，听着水声，看着窗外的大雨，舒了口气。

武杰与沈蓓儿家　　内　　日

武杰：（穿好衬衣）老婆，我送你上班去吧。

沈蓓儿：（在梳妆台前，想想）不用，今天我自己开车去。

武杰：那你路上慢点啊，我先上班了。

[武杰吻吻沈蓓儿的脸颊，离去。

[武杰拿着靠墙的那把大伞出门，来到车内，将伞放在副驾驶。

[沈蓓儿拉开抽屉，拿出那枚白金戒指看了看，又从抽屉里找了个精致的深紫色小盒子，将戒指放进去。

沈蓓儿车　　内　　日

沈蓓儿：（在车里给蒋云打电话）蒋云，我是蓓蓓姐。

蒋云：沈蓓儿，姐……

沈蓓儿：我家洗手台上落了个戒指，是你的吧？

蒋云：原来落在你家了？真不好意思。我洗手时，习惯把戒指拿下来。一粗心，就忘记了。

沈蓓儿：你什么时候有空？我把戒指还给你。

蒋云：我，我随时有空。

沈蓓儿：呵呵，可我现在没空，要去上班呢。

蒋云：没事没事，等你有空的时候我来取。

沈蓓儿：（想想）这样吧，等我下班后咱们见个面。

蒋云：好，傍晚我来公司找你，我请你吃饭。

沈蓓儿：好，晚上见。

［沈蓓儿拿出包里的盒子，将戒指取出朝着有光亮的方向看了看，又放回去。

武杰车　内　日

［武杰将车开到公司楼下，看看一旁的大伞，打电话给祝洋。

武杰：嗨，上班了吧？

祝洋：嗯，刚到报社。

武杰：（看看窗外的天）天晴了，我该把伞物归原主了。

祝洋：下班后我去房子那儿。

武杰：好，我也过去，把伞还给你。

祝洋：晚上见。

〔武杰挂掉电话，又看看大伞。

沈蓓儿公司　傍晚　内、外

〔电脑的时钟指在下午五点五十五分，沈蓓儿关电脑。

〔沈蓓儿匆匆来到楼下，见蒋云一身休闲白衬衫、黑便裤站在那儿等她。

沈蓓儿：嗨，来了很久了？

蒋云：男士等女士，应该的。

沈蓓儿：哎，你的车呢？

〔蒋云摸摸脑袋，想起自己的车被潘晓晓画了，油漆没干还不能洗车。

蒋云：（假装地）我的车借给朋友了，打车来的。

沈蓓儿：那坐我的车吧，不过你别嫌弃，没你的车好。

蒋云：怎么会呢。

沈蓓儿车　傍晚　内

〔两人坐进车内，蒋云一眼望见后视镜上挂着一个粉色的香包。

沈蓓儿：系上安全带！

蒋云：我开车从来不系安全带。再说你是女生，开车不会猛，我放心。

　　沈蓓儿:（坚定地）那也不行，这是规矩。

　　蒋云:（系上安全带）好吧。

　　［沈蓓儿发动引擎，一脚油门窜了出去。

　　蒋云:（睁大眼睛望着沈蓓儿）哇塞，看不出来，你是猛女啊!

　　沈蓓儿:（抿嘴笑笑）逗你的，故意杀杀你的威风，看你以后还
敢不敢不系安全带!

　　［蒋云沉默。

　　［途中，沈蓓儿偶尔看一眼蒋云。蒋云将右手搭在车窗上，托着
下巴，看着窗外，不好意思看沈蓓儿。

　　沈蓓儿:想吃什么?

　　蒋云:都行，听你的。

　　沈蓓儿:听我的，我可是有些挑剔的。

　　蒋云:你吃什么我就吃什么。

　　［沈蓓儿笑笑，加快油门。

　　［窗外的风吹进来，香袋散发出阵阵的清香，蒋云闭上眼细细地闻着。

　　蒋云:真香。

　　沈蓓儿:你说这个吗?

　　蒋云:（点点头）真好闻!

〔前方红灯，沈蓓儿停车。

沈蓓儿：（摸摸香包）喜欢吗？

蒋云：喜欢，很喜欢。

沈蓓儿：你喜欢，我送你啊。

蒋云：（愣住）这个……不太好吧。你的东西，我怎么可以要？

沈蓓儿：那有什么关系，姐姐送给弟弟，应该的呀！

〔蒋云沉默。

〔沈蓓儿尴尬地愣住。

沈蓓儿：（挤出笑容，上前拆下绳子）只是一个香包嘛，我送你。

蒋云：（愣愣，将香包握在手里）谢谢。

沈蓓儿：不客气。

〔绿灯亮，沈蓓儿踩油门。蒋云将香包紧紧握在手里，看着窗外，又拿起它放在鼻子上闻了闻。

丁海滨与祝洋家　傍晚　内

〔祝洋来到装修的家中，武杰在那指挥木工做活。

祝洋：你已经到了？

武杰：是啊，下午没什么事，就早些过来帮忙。

祝洋：谢谢啊。

〔祝洋一眼憋见放在门口的大伞。

祝洋、武杰：辛苦了啊师傅，慢走。

〔屋内瞬间安静，两人面对面，沉默。

武杰：你先生呢？

祝洋：他有应酬。

〔武杰点点头，看了眼房间，把目光落在雨伞上。

武杰：那个，我把伞给你带来了。

祝洋：谢谢。

武杰：应该我说谢谢才对。你，饿吗？

祝洋：有一点。

武杰：走，我请你吃饭。

祝洋：这次应该轮到我请你吃饭了。

武杰：呵呵，谁请都一样，走吧。

〔武杰拿着伞，搭着祝洋的背走出去。来到楼下，天开始闪电打雷。
两人望着天空，雨淅淅沥沥地下了起来。他们互相笑笑。

武杰：看来，你的伞又派上用场了。

〔武杰撑开伞，挡在祝洋头上。

武杰车　内　夜

〔两人进车。

祝洋：这天真是的，三天两头下雨。

武杰：现在是雨季高峰，幸好有你的伞，不然我们两个都要成落汤鸡了。

〔武杰将伞放在后座，拿出一张纸巾递给祝洋。

武杰：擦擦脸吧。

祝洋：谢谢。

港式茶餐厅　内　夜

〔港式茶餐厅，沈蓓儿和蒋云坐在靠窗的位置，外面下着雨。沈蓓儿点了粥和小菜，蒋云点了小吃。

蒋云：你就吃这个？

沈蓓儿：前几天吃得太油腻了，现在想吃点清淡的。

〔蒋云电话响，是潘晓晓，他挂掉。潘晓晓又打来，蒋云无奈地看看窗外。

蒋云：我去接个电话，马上回来。

蒋云：（走到门口，厌烦地）大姐，你到底想干什么？

潘晓晓：谁是你大姐？我还要问你到底想干什么？电话不接，短信不回？蒋云，你什么意思？

蒋云：拜托，潘大小姐！我又不是你的犯人，凭什么要向你汇报？

潘晓晓：你就是故意的，为什么不接我电话？

蒋云：我手机没电了，没信号，没看到，行不行？

潘晓晓：你狗屁，烂借口！少和我来这套！

蒋云：潘晓晓，我和你非亲非故，没有半点关系，你有什么理由来管我？

潘晓晓：谁说没有关系？我告诉你，我看上你了，我吃定你了，你就是我的男朋友！

蒋云：哼，你想得还真够美的。凭什么？

潘晓晓：就凭我喜欢你，你也喜欢我啊。

蒋云：笑话，天下女人一大堆，我凭什么要喜欢你？

潘晓晓：你……我告诉你蒋云，没有我潘晓晓得不到的东西！你最好少给我耍花招，乖乖地从了我！

蒋云：搞笑！你当我蒋云是什么，被你牵着鼻子走的羔羊吗？我也告诉你潘晓晓，我蒋云向来不吃这套。你别妄想征服我！办不到！

〔蒋云挂电话，顺手关机。

〔蒋云回到位置上，对沈蓓儿勉强笑了笑。

沈蓓儿：怎么了，和女朋友吵架了？

蒋云：呵，我没有女朋友，身边都是些狐朋狗友。

沈蓓儿：快吃吧，都凉了。

潘晓晓车　内　夜

［下雨，潘晓晓坐在车里一遍遍拨打蒋云的手机。

对方：您好，您所拨打的电话已关机。

潘晓晓：蒋云，你个王八蛋！得不到你，我就不是潘晓晓！

［潘晓晓一个个打给朋友，没有空。

潘晓晓：什么朋友，关键时刻都不中用！

潘晓晓：（翻到丁海滨的号码，拨通）喂，是丁海滨吗？

丁海滨：我是，是潘小姐吧。

潘晓晓：叫我潘晓晓。你干吗呢？

丁海滨：哦，我在外面陪领导吃饭。

潘晓晓：怎么所有人都那么忙？

丁海滨：不不不，我快结束了，您有什么安排？

潘晓晓：我现在闷得慌，想找个人说说话。

丁海滨：那行，一会我来找你？

潘晓晓：你在哪儿？

丁海滨：我在和平饭店。

潘晓晓：我离那儿不远，现在来找你。

丁海滨：这样……也好，您慢点开车。

［潘晓晓挂掉电话，一脚油门冲了出去。

武杰车　内　夜

武杰：谢谢你请我吃大餐！

祝洋：应该是我谢谢你，请一顿饭是必须的。

〔武杰打开车内 CD，放出浪漫的爵士音乐。

〔两人看着车外的雨，听着音乐。祝洋双手握住，不好意思地看着窗外。

沈蓓儿车　内　夜

〔蒋云和沈蓓儿来到地下车库，坐进车里。

沈蓓儿：外边下雨了，还挺大的。我送你回去。

蒋云：没关系，我打车回去。

沈蓓儿：雨天很难打车的。哦对了，今天见面把最重要的事给忘了。

沈蓓儿：（从包里拿出小盒子，递给蒋云）给。

〔蒋云打开一看，是那枚落下的戒指。

蒋云：谢谢你这么用心，还用这么精致的小盒子装起来。

沈蓓儿：不客气。

〔蒋云将小盒子放进自己的衬衣口袋。

蒋云：没有给你带来什么困扰吧？

[沈蓓儿笑着摇摇头，将车从地库开到地面。

沈蓓儿：哇，雨下得这么大！现在根本打不到车，我送你回去吧！

蒋云：太麻烦你了。

沈蓓儿：应该的，再怎么说，我是你沈蓓儿姐，要照顾好你这个弟弟呀。

[蒋云低头沉默，系上安全带。

沈蓓儿：（笑了）真听话。

潘晓晓车　内　夜

[潘晓晓开车来到饭店门口，接上丁海滨，一脚油门出去。

丁海滨：（抓住车门把手）潘小姐，看你心情不太好？

[潘晓晓不回答，用力踩下油门。仪表盘上显示 70 码、80 码、90 码……

丁海滨：心情再不好，安全开车还是第一的。要不，我来开吧？

潘晓晓：怎么，担心我的技术？

丁海滨：不是，雨太大了。

［潘晓晓在马路上玩起了漂移。

丁海滨：潘小姐，小心！小心！
潘晓晓：（直视前方）放心，我不会把你滚到黄浦江里去的。

［潘晓晓窜了几条街，险些撞了人，闯了几个红灯后，来到天桥下猛地刹住车。

丁海滨：（喘着大气，后怕地）潘小姐，你闯红灯了！
潘晓晓：怎么，很奇怪吗？难道你就没有闯过红灯？
丁海滨：闯过，不过不是故意的。
潘晓晓：主动和被动地闯红灯，都要拍照和罚款，有区别吗？

［丁海滨咳嗽一声，不响。

潘晓晓：有烟吗？
丁海滨：有，不过这次不是中华，红双喜，介意吗？
潘晓晓：拿来吧。

［丁海滨给潘晓晓点上烟，潘晓晓猛地抽一口，吐出烟。

潘晓晓：我怎么就抽不出喜的味道，好苦！
丁海滨：如果心里是苦的，抽烟的味道也一定是苦的。
潘晓晓：诗人的味道。
丁海滨：我完全是在配合潘小姐。

潘晓晓：（想想）如果，他也能像你一样配合我，那就好了。

丁海滨：你是说，你喜欢的那个人吧？

潘晓晓：（眼眶红了，摸摸肚子）我饿了。

丁海滨：你还没有吃晚饭吗？

潘晓晓：没有，刚才都气饱了。

丁海滨：你想吃什么？

潘晓晓：汉堡。

丁海滨：我去买，你等我。

［丁海滨下车，冒雨冲了出去。

潘晓晓：哎！

［潘晓晓看着丁海滨跑在雨里的背影。

潘晓晓：（自言自语地）为什么他要这样对我？

［潘晓晓给蒋云打电话，依然是关机。她扔掉电话，欲哭无泪。

沈蓓儿车　内　夜

［雨越下越大，几乎看不清前方的路。沈蓓儿一脚油门，发现前面有车，又猛地刹车。沈蓓儿下意识地摸摸肚子。

沈蓓儿：哎呀，没撞到吧？

蒋云：我下车看看。

[蒋云看看前方，摇摇手，走到沈蓓儿这边，开门。

蒋云：没事，差一点。你下车，坐到副驾驶上。
沈蓓儿：干什么？
蒋云：你不熟悉我家的路啊，我来开比较方便。

[沈蓓儿坐到副驾驶，蒋云坐进车里，系上安全带。

蒋云：请坐在副驾驶的成员系上安全带。

[沈蓓儿笑笑系上安全带。
[蒋云开着车，沈蓓儿一看外边的路，觉得不太对劲。

沈蓓儿：哎，不对啊，我记得你家好像不是这条路。

[蒋云笑笑，不回答。

沈蓓儿：这好像……是往我家的方向吧？

[蒋云不说话，看看沈蓓儿，笑一下。

沈蓓儿：蒋云，这真的是回我家的路！
蒋云：（笑笑）嘘！方向盘在我手里，我说了算！

［沈蓓儿咬咬嘴唇，沉默两秒，一笑，看着窗外的大雨。

［蒋云将车子开到小区门口。

蒋云：好了，安全到家！

沈蓓儿：（笑笑，摇摇头）应该是我送你回家！

蒋云：你连车外的物体都看不清，怎么找到回家的路？太不安全了。

沈蓓儿：（捋捋耳后的头发）谢谢你送我回家。

蒋云：必须的。我回去了，再见。

蒋云：（拉车门，转身）香包很喜欢，我会好好保存的。

［蒋云下车。

沈蓓儿：（看着蒋云的背影）哎，到家后来个消息，让我放心！

蒋云：（转身）收到！

［蒋云小跑到路口，在雨天里拦车。

［沈蓓儿注视远处的蒋云，陷入沉思。

武杰车　内　夜

［武杰开车回到祝洋娘家楼下。两人沉默一会，忽然，他一手握住祝洋的手背。祝洋愣住，喘着气。祝洋闭眼，皱眉，睁眼，快速缩回手。

祝洋：（害羞地）很晚了，我该回去了。

武杰：（挠挠头皮，尴尬地）我也该回家了，晚安。

祝洋：开车小心。

〔祝洋下车，匆匆跑进小区。武杰没能叫住她，看看后座的大伞，又看着前方。

潘晓晓车　内　夜

丁海滨：（拿着汉堡和饮料）快吃吧，还热着呢。

潘晓晓：谢谢。

〔潘晓晓拿起汉堡放进嘴里，咬了一口，呜呜哭起来。

丁海滨：怎么了？

潘晓晓：我难受。

丁海滨：哪儿难受啊？

〔潘晓晓指指胸口。

〔丁海滨尴尬地皱皱眉。

丁海滨：我能为你做些什么？

〔潘晓晓摇摇头，一口一口地啃汉堡。

〔潘晓晓满嘴都是食物，呜呜哭着。

潘晓晓：你能借我一个肩膀吗？

丁海滨：如果你需要，我的肩膀随时都能给你靠。

〔潘晓晓将头靠在丁海滨肩上。

〔丁海滨的脸上，有了一丝希望和成就感。他望向车窗外的大雨，笑了。

蒋云家　内　夜

〔蒋云从浴室出来，拿毛巾擦头发。他将戒指戴在无名指上，将小盒子放进抽屉，吻吻手上的戒指。然后从裤兜里拿出香包，闻了又闻，放在床头。

蒋云：（躺在床上，发信息给沈蓓儿）安全到家，请放心。香包放在我的床头，晚安。

沈蓓儿：辛苦你了，早点休息。晚安。

〔蒋云看着香包，微笑。

丁海滨与祝洋家　半夜　内

〔窗外下着雨，丁海滨与祝洋在床上熟睡。

〔祝洋梦见自己站在大雨里，一个男人的模糊身影向自己跑来。男人站在祝洋面前，她看清了他的脸，是武杰。武杰一把将祝洋搂进怀里，两人激烈地拥吻起来。

〔祝洋在床上发出呻吟声，摸着自己的颈项。

〔祝洋转身，将两手搭在丁海滨的胸前，用力地抚摸着。

〔丁海滨睁开眼。

丁海滨：老婆，老婆！

〔祝洋猛地睁眼，愣住。

丁海滨：你怎么了？

〔祝洋赶紧缩回手，平躺，喘着粗气。

祝洋：我，我做噩梦了。

丁海滨：没事吧。

祝洋：（摇摇头）没事，吵醒你了，睡吧。

丁海滨：快睡吧。

〔祝洋转过身，闭眼小声舒了口气，睁眼。

〔画外音：现实中的残缺，也许只能在梦中圆满吧。

武杰与沈蓓儿家　半夜　内

〔武杰与沈蓓儿在床上熟睡，窗外下着大雨。

〔武杰梦见自己和祝洋在车上，他抓住她的手，一把将她拉进怀中，两人激烈地拥吻起来。

〔武杰躺在床上，额头上冒着汗珠，喘着粗气。

〔沈蓓儿惊醒，睁眼，看着一旁的武杰。

〔武杰梦见祝洋一把推开自己，打开车门冲出去，他想叫喊，却怎么都喊不出声。

〔武杰猛地睁眼，豆大的汗珠从脸颊上流下来。他一转头，发现沈蓓儿正侧身盯着自己，吓了一大跳。

武杰：（喘着粗气）老婆，你，你醒了？

沈蓓儿：（冷静地）你做梦了？

武杰：（擦擦脸上的汗珠）噢，做了个噩梦。

沈蓓儿：（面无表情地）是吗？梦见什么了？

武杰：（尴尬地）梦见掉下悬崖了。

沈蓓儿：很刺激吧？

武杰：（愣了愣）是惊险。

武杰：（起身）不好意思吵醒你了，我去喝杯水。

〔武杰来到客厅，倒一杯水，猛地灌下，抹下嘴，定定神。

〔沈蓓儿听着窗外的雨声，沉默。她摸摸肚子，失望地闭上眼。

〔画外音：原来，幻想比现实更刺激。

蒋云家　内　日

〔一大早，窗外的鸟儿喳喳叫着，蒋云闻着床边的香袋醒来，微微一笑。打开手机，铺天盖地都是潘晓晓的电话和信息，他厌烦地将它们全部删除。蒋云想给沈蓓儿发信息，想了想，又放下，起床。

　〔蒋云拿着牛奶坐在电脑前，打开电脑上 QQ，看看好友里沈蓓儿有没在线。"beibei"不在线，他失望地关了电脑。

　〔蒋云坐在沙发上拿杂志翻看，脑海中不断浮现沈蓓儿的身影。

　〔情景再现：蒋云和沈蓓儿窝在沙发上看电影，吃东西。

　〔蒋云挠挠头皮，返回电脑前，狠狠地打起游戏来。

祝洋娘家　内　日

　〔祝洋站在窗口，一丝阳光洒进来，沉思。

　祝洋：（拨打手机）小惠，我问你个事，那个小武设计师你熟悉吗？

　小惠：我不熟，见过一次，就是我朋友前几年婚礼上见到过。怎么了？

　祝洋：哦，我想问……他现在有没有女朋友，有没有结婚？

　小惠：哎，有问题哦？

　祝洋：（用手指触碰窗帘）哎呀，想哪儿去了。是我朋友的妹妹，正托我当红娘呢。如果小武是单身，我想着帮他们撮合撮合。

　小惠：那你直接问不就行了吗？

　祝洋：我们又不熟，人家会觉得我太八卦。要是他有女朋友，我这一问就多余了。还是你帮我问问你朋友，如果有，那这事就算了。

　小惠：好吧，我现在就帮你问。

　〔祝洋坐在沙发上焦急地等电话。

〔电话响，祝洋连忙接起。

祝洋：怎么样？

小惠：我问过了，当时我朋友还问小武有没有结婚，他说没有，我朋友说那你来参加婚礼，红包就免了吧。后来他们没怎么联系，也不知道小武有没有结婚。

祝洋：你朋友是什么时候办的婚礼？

小惠：08 年 5 月。

祝洋：哦，那我知道了。我找机会侧面问问他吧。

〔祝洋看着窗外出神。

祝洋母亲：（在厨房）洋洋，海滨回来吃晚饭吗？

祝洋：妈，他单位有饭局，不回来吃了。哦对了，吃完饭我还要去那边看一下！

祝洋母亲：要我陪你一起去吗？

祝洋：不用，我很快就回来的。

蒋云家　黄昏　内

〔窗外的天晴了。蒋云看看时钟，四点。

〔蒋云换好衣服，准备出门又觉得什么东西没带，回卧室，到床前拿过香袋。

蒋云家车库　黄昏　内

〔蒋云来到车库，将香袋系在后视镜上，微微一笑。看见玻璃上，还画着潘晓晓的名字和号码。他发动引擎，一脚油门出去。

〔潘晓晓站在路上，挡住他的去路。蒋云猛地刹车，厌烦地皱眉。

蒋云：（探出头）大小姐，别害我进局子！

〔潘晓晓一手搭在蒋云的车上，一手轻摸蒋云的脸颊。

潘晓晓：那样好啊，我爸会找关系帮你保出来的。然后你为了报答我，不得不乖乖地服从我。

蒋云：（轻笑）你的想象力太丰富了，应该去当作家！

〔潘晓晓用手指划过蒋云的脸，将自己的脸凑近。

潘晓晓：你愿意做我小说里的男主角吗？

〔蒋云反感地撇开脑袋。

潘晓晓：蒋大少爷，你这是要去哪儿？

蒋云：去洗车，洗掉有你的痕迹！

潘晓晓：（迅速坐进蒋云车里）洗掉它容易，想摆脱我的人，难！开车！

〔蒋云叹一口气，一脚油门出去。

路上　黄昏　外

〔路上，车上的香包随风飘荡，传来阵阵香味。

潘晓晓：（用手摸摸）呦，什么时候弄的香包啊？

〔蒋云不响。

潘晓晓：真奇怪，一个大老爷们弄这玩意儿，还是个粉色的？

蒋云：不行吗？

〔潘晓晓想将绳子拆下来。

蒋云：（大声地）别动它！

潘晓晓：看看怎么啦？那么大惊小怪！

蒋云：看看可以，别动它！

潘晓晓：（盯着蒋云看）呦，这么怜香惜玉啊，女人送的吧？

蒋云：关你什么事？

潘晓晓：就关我的事！说，到底谁送的？

〔潘晓晓又去拆绳子。

蒋云：（大声地）我姐送的不行嘛！

潘晓晓：你哪个姐姐呀？

蒋云：表姐！

〔潘晓晓松开手，看着窗外不说话。

洗车行　黄昏　外

〔蒋云将车子开进洗车行。

蒋云：（探出脑袋）师傅，麻烦帮我好好洗洗，洗两遍！

〔蒋云将车窗摇上，喷水笼头的水洒在车子上。水模糊了视线，也模糊了潘晓晓的名字和号码。

〔潘晓晓忍住情绪，眼眶红了。蒋云默默地看着前方。

〔潘晓晓转身猛地抱住蒋云。

蒋云：你干什么？

〔潘晓晓双手捧住蒋云的脸，猛地吻住他的嘴唇。蒋云张大眼睛，摇摇头，欲推开她。潘晓晓闭上双眼，深情地吻着蒋云。蒋云没法推开她，被她摆布着。

〔泡沫打在挡风玻璃上，工人用力地擦拭着上面的痕迹，白色的泡沫顺着玻璃流下来。

〔蒋云将洗净的车开出洗车行，潘晓晓将头靠在他的肩上。蒋云满脸木然的表情。

餐厅　内　夜

〔潘晓晓开心地挽着蒋云的胳膊来到餐厅吃饭。蒋云一副无可奈何、被动的样子。

〔吃饭时，潘晓晓兴奋地说话，蒋云心不在焉地喝水、看窗外。

〔趁潘晓晓去洗手间，蒋云用手机翻出沈蓓儿的号码，犹豫后，放下。潘晓晓回来，他将手机放回裤袋。

路上　外　夜

〔祝洋在路边打车，上车。

〔武杰送走客户，天下起雨，他快速躲进车里，拿后座的纸巾擦脸，又看见那把大伞，愣住。他想了想，一脚油门出去。

〔祝洋坐在出租车内，看着天又下起雨来。

酒吧　内　夜

〔潘晓晓、蒋云在酒吧，和两帮朋友一起喝酒、庆祝。

〔潘晓晓兴奋地拿酒杯和朋友干杯。蒋云坐在那里，和兄弟喝闷酒，一杯接一杯。

潘晓晓朋友：（起哄）哎，让我们这对金童玉女来杯交杯酒怎么样？
众人：（鼓掌起哄）好噢，来一个，来一个！

〔蒋云被兄弟拽起来，潘晓晓拿着酒杯含情脉脉地看着蒋云，蒋云尴尬地站在那里。

〔两人被大伙怂恿着喝下交杯酒。

众人：（起哄）亲一个，亲一个！

〔潘晓晓捂嘴害羞地笑着，蒋云尴尬地看着她。

〔蒋云想起沈蓓儿，想起她柔和的笑容。他皱着眉，勉强地拉过潘晓晓，在她脸上亲了一口。

〔朋友鼓掌，潘晓晓开心地抱住蒋云。

〔蒋云麻木的脸上，写满了对沈蓓儿的想念。

沈蓓儿车　内　夜

〔沈蓓儿坐进车里，看着后视镜上空了一块，想起蒋云。

〔沈蓓儿拿起电话，翻出蒋云的号码，迟迟没有按下去。

〔外边下着雨，沈蓓儿听着音乐，慢慢地开车。

丁海滨与祝洋家　内　夜、外

〔祝洋走出出租车，拿包挡在头上，淋雨冲进楼道。

〔祝洋推开房门，屋里亮着灯，诧异得呆住。

〔武杰笑着转身。

祝洋：武杰，你在这里？

武杰：（笑笑）祝小姐，我和客户吃完饭，想来看看进展。这么巧？

祝洋：真巧。如果每位设计师都像你这么认真负责的话，那天底下就不会有失败的作品了。

武杰：（笑笑）过奖了。哦，我把你的伞带来了。

祝洋：（转头看到门口的伞）又下雨了。

武杰：（看看窗外）是啊，下不完的雨。你淋湿了，没带伞吗？

祝洋：（笑笑）借你了。

〔两人对视而笑，沉默。

〔忽然，屋内一片漆黑。

武杰：一定是跳闸了。

〔武杰摸索着走向门口，不小心撞到了装修的木桌子。

祝洋：小心！

〔武杰摸索着伸出手，碰到了祝洋的手臂，两人沉默住。

〔武杰一把抓住祝洋的手，两人定住。

〔窗外一个闪电响雷。

〔武杰将祝洋一把拉过按在墙上，祝洋的脚一动，踢倒了那把雨伞。

武杰：（喘着气，捧住祝洋的脸）又下雨了，怎么办？

祝洋：（喘着气）没关系，我有伞。

武杰：每天都要下雨，怎么办？

祝洋：那我把伞送给你！

武杰：只是伞吗？

祝洋：除了伞，你还想要什么？

武杰：（将脸贴近祝洋，喘着粗气）我……我要你！

〔武杰抚摸祝洋潮湿的头发，两人的脸贴在一起，闻着彼此的味道。

〔武杰一点点接近祝洋的嘴唇，一把吻住她，祝洋积极地配合着。两人深情、激情地拥吻起来。

〔武杰抚摸祝洋的腹部，将她的湿衬衣慢慢向上拉。

〔祝洋抱着武杰，用力抚摸他的背部。

〔武杰吻着祝洋的脸部、颈项、胸部，祝洋积极地享受着。

酒吧　内　夜

〔潘晓晓和蒋云喝多了，他们来到舞池跳舞。在抒情音乐的作用下，潘晓晓抱住蒋云，两人激情地亲吻、缠绵。

丁海滨与祝洋家　内　夜

〔武杰抚摸祝洋的大腿，祝洋一把拉开武杰的衬衣，亲吻他的胸膛。

〔武杰一把将祝洋抱起，按倒在对面的木桌子上，凌乱的物件被他们推搡到了一边，发出叮叮当当的声响。

〔武杰亲吻祝洋的嘴、脖子、胸，正摸到她的大腿时，门口忽然有动静。武杰敏捷地捂住祝洋的嘴巴，在自己的嘴上用食指做了动作。

〔祝洋睁大眼，不敢出气。

〔门口有脚步声向里面走来，停顿下，又走出去。

〔待门口没有动静后，武杰放开祝洋的嘴，两人同时窃笑起来。

〔两人刚想继续接吻，门口又有动静，脚步声向里面传来。他俩竖起耳朵不出声。

〔手电筒的光向屋里照来，两人惊恐地互相看，武杰机警地向祝洋摇摇头。

〔脚步越来越近，手电筒照在地下，再慢慢照在桌子上来回闪动，最后把光照在他俩身上。

〔武杰用自己的身体挡住祝洋，他一转头，光照在他的脸上。

工人：（吓了一跳）哇，屋里还有人？是，武设计师？

〔武杰尴尬地点点头。

〔工人低头一看，只见祝洋脚上穿的皮鞋，恍然大悟。

工人：（尴尬地）哦，真不好意思。我，我不是有意看到的。手机落在这儿了，应该就在桌子上。

工人：（拿手电筒照照，看见了手机）找到了，真的在这里。嘿嘿，不好意思啊，我什么都没看见，你们继续！

〔工人向门口走去。

武杰：（灵机一动）嗨！记得不要告诉房东，谢了！

工人：（笑笑向身后挥手）放心，我什么也没看见！

工人：（走出门口，回头）不过，别忘记关门！

〔工人将门关上，屋外的楼道灯随着门关上，屋内变得一片漆黑。

〔武杰和祝洋抱在一起轻轻地窃笑，屋外的雨越下越大。

〔画外音：都说偷情很刺激，这话果真不假。武杰和祝洋大胆地走出了第一步。

露天　外　夜

〔潘晓晓和蒋云跌撞地从酒吧出来。两人站在雨地里，嬉笑地伸开双手，接受大雨的滋润。两人拥抱着亲吻。

出租车　内　夜

〔潘晓晓和蒋云坐进车内，互相依靠着。代驾司机开着蒋云的车。

蒋云：（醉醺醺地）我……我送你回家！

潘晓晓：（靠在蒋云身上，迷糊地）我……我不要回家……不要回家！

蒋云：不回家……你要去哪儿？

潘晓晓：随便去哪儿……都行……就是不要回家……

蒋云：去……去附近的……酒店！

武杰车　内　夜

〔车后座上，祝洋坐在武杰身上，两人激烈地拥吻、抚摸。

〔外边的大雨模糊了车窗一片。

酒店　内　夜

〔蒋云与潘晓晓一头倒在酒店的大床上。潘晓晓扑在蒋云身上，摸他的脸，亲吻。

〔借着温和的台灯，蒋云看着潘晓晓，模糊中看到了沈蓓儿的身影。他翻转身，一把将潘晓晓压在床上，两人热烈地拥吻起来。

武杰车　内　夜

〔武杰与祝洋坐在前排，祝洋扣好衬衣扣子，武杰捋捋头发。

武杰：今晚，不要回去了。

祝洋：不行，我一定要回家的。

〔武杰顿顿，点头，发动引擎，一脚油门出去。

祝洋娘家　内　夜

〔祝洋进家门，将大伞放在门口。

丁海滨：老婆，这么晚才回来？

祝洋：（全身湿漉地低头）嗯，晚上那边赶工。

丁海滨：伞还回来了？怎么还淋湿了？

祝洋：（低头经过他身边）雨太大了。

丁海滨：辛苦了老婆，赶快洗个澡睡觉吧。

〔祝洋拿了睡衣进洗手间，将门把锁上。

丁海滨：（摇动把手）哎，老婆，怎么把门锁上了？

祝洋：天凉，你别进来了。

丁海滨：那我在床上等你！

〔祝洋靠在门背后，舒了口气，摸摸自己的脖子。

武杰与沈蓓儿家　　内　　夜

〔武杰回到家，径直冲进洗手间锁上门。开启淋浴蓬头放出热水，将自己从头淋到脚。

〔沈蓓儿听到水声，从衣柜里拿出睡衣和浴巾。

〔沈蓓儿开洗手间的门，发现锁上了。

沈蓓儿：（敲门）老公，你怎么锁门了？

武杰：（顿顿，抹了把脸）顺手不小心带到了。

沈蓓儿：开下门！

〔武杰将门开条缝。

沈蓓儿：（将睡衣和浴巾递给他）你看你，这都忘记了！

武杰：（抹抹脸上的水）谢谢老婆！

〔沈蓓儿看看关上的门，有些怀疑地走向卧室。

［武杰进卧室，上床。

沈蓓儿：老公，今天干活又这么晚？

武杰：（盖被子，闭眼）是啊，累死我了。睡觉吧，明天起早。

［沈蓓儿欲言又止，看着窗外淅淅沥沥的雨。

酒店　内　日

［一束暖暖的阳光照进酒店。

［蒋云睁眼，发现身边躺着潘晓晓，他下意识地甩开她。

潘晓晓：（迷糊地）干什么呀？

蒋云：我怎么会在这儿？

潘晓晓：昨晚喝醉了，不上这儿能上哪儿呀！

［蒋云皱眉咬牙切齿地挠挠头皮，起身下地穿衣。

潘晓晓：（摸摸床上，睁眼）亲爱的，去哪儿？

蒋云：回家！

潘晓晓：昨天晚上，你表现真棒！

蒋云：大家都喝多了，不算！

潘晓晓：（忽地起身）什么不算？你都要了我的人了，敢说不算？

蒋云：（扣上皮带）难不成还要我以身相许？

潘晓晓：以身相许，你也亏不了啊！

蒋云：大家都是成年人了，别太当真!

［潘晓晓气地甩掉被子，下地。

蒋云：（瞥过头去）哎哎哎，注意你的形象。

潘晓晓：（一把拉过被子裹在身上）我就当真了! 我还特别当真!

蒋云：那是你的事，与我无关!

［蒋云穿好鞋子准备离开，潘晓晓一把从背后抱住他，贴着他的背。

潘晓晓：蒋云，难道你看不出来我对你是真的吗？

［蒋云闭眼，叹口气，解开潘晓晓的手，转身。

蒋云：很多事，一旦太过认真就会变了味。

潘晓晓：（踮起脚尖吻住蒋云）我什么都不要，就要你。

蒋云：（轻拍潘晓晓的脑袋）空了我找你，先回家了!

［蒋云出门，留潘晓晓一人站在原地。

［蒋云快步走在酒店长廊中，咬住嘴唇，不断地挠头皮。

［潘晓晓重回床上，抚摸蒋云睡过的枕头。无意中，从枕头底下摸到了一个 zippo 打火机。

［潘晓晓从床头拿过一支烟，用 zippo 打火机点上，抽了一口。看看打火机，笑着亲了下。

武杰工作室　内　日

〔武杰在电脑前工作，时不时想起昨晚和祝洋在一起的情景。

〔武杰来到走廊转角处，拿手机拨打祝洋的电话。

武杰：（咳嗽一声）是我。

祝洋：我知道。

武杰：后来回去，没什么事吧？

祝洋：没事。

武杰：你忙吗？

祝洋：还好。

武杰：我……有点想你了！

祝洋：……

武杰：那你忙吧，空了再打给你。

祝洋：武杰！

武杰：在！

祝洋：没事了，再见。

〔武杰看着手机，点上一支烟，靠在墙上。

丁海滨办公室　黄昏　内

〔丁海滨在办公室整理完文件，拿公事包准备下班。

〔丁海滨拿出手机，翻出潘晓晓的号码。

丁海滨：晓晓，是我！

潘晓晓：哈罗！老丁！

丁海滨：嗨，我还没这么老吧？

潘晓晓：这是对你的尊称，懂不懂？

丁海滨：懂了懂了。看来，我们潘小姐今天心情不错。

潘晓晓：是不错，怎么样，我请你吃饭？

丁海滨：今天吗？

潘晓晓：难道还明年吗？

丁海滨：（想了想）哦，好。

丁海滨：（拨通祝洋电话）老婆，今晚单位有应酬，我不回家吃饭了。

　　　［丁海滨拿着公文包，兴奋地出了办公室。

地铁站　黄昏　内

　　　［祝洋站在地铁站等地铁。
　　　［祝洋拨了武杰的手机。

武杰车　黄昏　内

　　　［武杰开车，沈蓓儿坐在一边。
　　　［武杰手机响，一看是祝洋，他憋了眼沈蓓儿，接起。

武杰：你好。

祝洋：嗨，在忙吗？

武杰：（咳嗽一声）是啊，这几天挺忙的。

祝洋：晚上他有应酬，你空吗？

[武杰看看沈蓓儿，沈蓓儿朝他笑了笑。

武杰：哦，我有两个案子急着赶，可能没时间。

祝洋：这样？那……好吧，不打搅你，再见。

武杰：好，改天，再见。

沈蓓儿：谁的电话？

武杰：哦，一个老客户，约我出去喝几杯，想给我介绍业务。

沈蓓儿：那你去啊，我一个人可以的，工作重要。

武杰：（愣了愣）嗨，不去了，还是先把手头的任务做好吧。再说了，老婆是最重要的。

[武杰握起沈蓓儿的左手吻了吻。
[沈蓓儿看看武杰，不语。

地铁站　黄昏　内

[祝洋失望地坐在位置上，静静地看着对座的情侣，互相依偎。祝洋的眼神中，充满了羡慕与失落。

餐厅　内　夜

［丁海滨与潘晓晓在餐厅吃饭，两人开心地有说有笑。

丁海滨：我们的大小姐，终于多云转晴了。

潘晓晓：（抿嘴笑笑）还行吧。

［潘晓晓手里摆弄着那枚打火机。

丁海滨：你用这个？

潘晓晓：（笑笑）他的。

［一位陌生男子经过一旁，定住。

男子：嗨，丁海滨，这么巧？

丁海滨：哎，真巧啊，你怎么也在这儿呢？

男子：我陪老婆来吃饭，这位是？

丁海滨：（有些尴尬地）她是……

潘晓晓：我是他干妹妹，潘晓晓！

男子：（恍然大悟）哦，是妹妹，好好！你们慢吃！

丁海滨：（尴尬地笑笑）谢谢你。

潘晓晓：谢什么，你本来就是我哥哥！

丁海滨：（愣住，笑笑）对对，我就是你哥。来来，多吃点！

沈蓓儿娘家　内　夜

〔沈蓓儿和武杰在沈蓓儿娘家吃饭。

〔沈蓓儿手机响，来到沙发前，一看手机来电，蒋云。

沈蓓儿：（愣愣，接起）喂。

蒋云：好，我是蒋云。

沈蓓儿：我知道。

蒋云：说话方便吗？

沈蓓儿：（看看饭桌上的人）我在妈妈家吃饭。

蒋云：他也在吧？

沈蓓儿：嗯。

蒋云：本来，想约你吃晚饭的。

沈蓓儿：改天吧，好吗？

蒋云：那不打搅你了，多吃点，我挂了。

沈蓓儿：哎！

蒋云：在！

沈蓓儿：没事，我晚点联系你。

蒋云：好，我等你。

〔沈蓓儿匆匆挂了电话，将手机放进包里，回到饭桌上。

沈蓓儿母亲：谁来的电话？

沈蓓儿：噢，小姐妹，约我去逛街。

沈蓓儿母亲：孕妇头三个月要注重保胎，别到处乱跑动了胎气。

没事就在家多休息，让武杰陪陪你。

沈蓓儿：（看一眼武杰）妈，现在武杰可是大忙人，都不太回家吃晚饭的。要不是今天到这儿来，他保准又有事。

武杰：嗨，我不也是想多接几个案子，多赚些钱给家里嘛！

沈蓓儿父亲：男人嘛，事业是很重要的。不过，也不能忽略自己的妻子。毕竟，蓓蓓现在是有身孕的人了。

武杰：爸，我明白，我会照顾好蓓蓓的，请二老放心。

沈蓓儿母亲：武杰，不是妈说你，这段时间你那么忙，没办法照顾蓓蓓。说实话，我们也挺担心的。真的有困难，你们就上家里来住段时间，我们也好互相照应。

武杰：（看看沈蓓儿）妈，我可以照顾好蓓蓓的。我都听她的。

沈蓓儿：妈，您别太操心了，我们可以管好自己。

沈蓓儿母亲：要是真能照顾好自己，我就不操心咯。

　[沈蓓儿和武杰低头，不说话。

外滩　外　夜

　[丁海滨和潘晓晓走在外滩边。
　[潘晓晓打蒋云的手机，没人接。

潘晓晓：搞什么，又玩失踪？

丁海滨：怎么，又遇到麻烦了？

　[潘晓晓气得拿出打火机，伸出手想将它丢进江里，又停住。

潘晓晓：(看着打火机)想从我身边溜走，没那么容易!

丁海滨：别生气了，有我陪你。

潘晓晓：会打球吗?

丁海滨：什么球?

潘晓晓：篮球、羽毛球、乒乓球、网球、台球，你会哪一种?

丁海滨：除了篮球没有太大的优势，其他的都会一些。

潘晓晓：走，打台球去!

台球厅　内　夜

[台球厅，合着动感的音乐，丁海滨与潘晓晓在桌前打台球。

[丁海滨熟练地打台球，潘晓晓在一旁鼓掌叫好。

[潘晓晓走到前台买了一包烟。

潘晓晓：哎，哥们，这几天，蒋云他们来过这里没有?

服务生：蒋云啊? 你来前半小时他刚走。

潘晓晓：是吗?

[潘晓晓连续打了蒋云几个电话，没人接。

[潘晓晓气愤地来到桌前，狠狠地打了两杆。

[潘晓晓来到台球厅门口，再次拿起手机拨打。

蒋云：你找我?

潘晓晓：蒋云，你什么意思? 你在哪儿?

蒋云：我在家。

潘晓晓：难得这么早回家？不正常啊！

蒋云：怎么，我连回家都不可以吗？

潘晓晓：我打你这么多电话，你为什么都不接？

蒋云：我在洗澡，没听见。

潘晓晓：洗个澡要洗两小时吗？

蒋云：前面我在打球，没听见。

潘晓晓：（冷笑一声）我知道你刚离开！你是没有心，要是有心，你根本不会对我视而不见！

蒋云：大小姐，你到底要怎么样？我不能有自由吗？

潘晓晓：你可以有自由，但你不能不重视我的存在！

蒋云：对不起，我这个人向来都是没心没肺的，对谁都一个样！

潘晓晓：（生气地坚决地）我不跟你废话，你给我听好了，明天上午你会收到快递，然后在家乖乖地等我。要是你敢走掉，别怪我不客气，我会把那晚的事原封不动地告诉你爸爸。要是不信，你可以试一试！

蒋云：潘晓晓，你拿这个威胁我？我还真就不吃你这套！你要是想说就说吧，反正我爸都习惯了。看看最后是我爸说我不道德，还是会说你这个女孩子太随便！

潘晓晓：（气急地）你……蒋云，你欺人太甚！

蒋云：都是成年人了，不要搞得和三岁小孩一样幼稚，别人会笑话的！我累了，睡了！

潘晓晓：喂，喂，喂！

〔潘晓晓继续再拨打。

对方：您好，您所拨打的电话已关机！

潘晓晓：（咬牙切齿）啊——啊——蒋云你混蛋——混蛋——

丁海滨：（匆匆出来）晓晓，你怎么了，怎么了？

［潘晓晓拿起手机狠狠地向地上摔去，手机掉在地上，屏幕摔花了。

丁海滨：（睁大双眼）啊——

［潘晓晓落魄地站在原地，瘪着嘴。

丁海滨：（轻轻地）晓晓……

［潘晓晓转身望着丁海滨，呜呜地扑进他的怀里。

武杰与沈蓓儿家　内　夜

［深夜，武杰与沈蓓儿背靠背躺在床上，两人睁眼想着各自的心事。

［沈蓓儿转身看看武杰，武杰连忙闭眼假装熟睡。

［沈蓓儿轻轻起身出了卧室，关上门。

［沈蓓儿来到书房开启电脑。

［武杰慢慢睁眼，看看卧室门关着。他悄悄拿过床头的手机放进被窝，开机后，将情景模式调到静音。

［沈蓓儿打开QQ，看见好友一栏中，蒋云的头像"云"在闪烁，点开。

［屏幕显示：22点37分，在吗？我到家了。23点01分，你应该

睡了吧？真的不想打搅你的，抱歉。

[沈蓓儿见蒋云还在线，时间显示为 0 点 50 分。

[沈蓓儿打键盘，向蒋云发起对话。

沈蓓儿：在吗？还不休息吗？

蒋云：在等你。

[武杰在被窝里给祝洋发短信。

武杰：傍晚我在开会，不方便接电话，抱歉。

祝洋：没关系，正事要紧。

沈蓓儿：你吃晚饭了吗？

蒋云：在家煮了方便面，难吃死了。

沈蓓儿：又吃方便面，家里阿姨不在吗？

蒋云：今天放她假了。

武杰：还没睡吗？

祝洋：他还没回来。

武杰：这几天我比较忙，空了就来找你，好不？

祝洋：没事，我就是问候下。

沈蓓儿：今天这么乖，没有出去？

蒋云：去外面打了会台球就回来了，说好等你的。

沈蓓儿：以后不要老吃这些没营养的东西了，好吗？

蒋云：那你做给我吃啊，这样就有营养了。

沈蓓儿：呵呵，找机会吧。

武杰：早点休息吧，明天和你联系。

祝洋：好，你也早点休息，晚安。

[武杰发完最后一条短信，将记录全部删除，匆匆关机，放回床头柜。他盖好被子，闭上眼。

蒋云：你怎么还没睡呢？

沈蓓儿：特地上来看看。

蒋云：是为了看我吗？

沈蓓儿：（愣愣）呵呵，我下了，早点休息，晚安。

蒋云：好吧，听你的。明天这个点，我还在这里等你，可以吗？

沈蓓儿：看情况吧，下了，晚安。

[沈蓓儿不等蒋云回话，匆匆关电脑，悄悄回到卧室。她轻轻躺回床上，看了眼"熟睡"中的武杰，背着身子闭眼。

[武杰睁开眼，默默地。

[沈蓓儿睁开眼，默默地。

[闹钟正好走在凌晨一点。

[画外音：也许，这就是传说中的，心怀鬼胎？

蒋云家　内　日

　　[门铃响，阿姨开门，是快递。

阿姨：少爷，有您的快递。

　　[蒋云穿着睡衣从楼上下来，接过快递打开，是一件和自己的一模一样的格子衬衣。
　　[蒋云挠挠头皮，叹一口气，将衬衣放在沙发上。
　　[手机响，陌生号码，蒋云接起。

潘晓晓：是我。

蒋云：怎么，故意换个陌生号码来查我的岗？

潘晓晓：查个屁！为了你我把手机都砸了！

蒋云：拜托，我可没要你砸手机。

潘晓晓：怎么样，快递收到了吗？

蒋云：（漫不经心地坐在沙发上）收到了，你还真是有心啊。

潘晓晓：那当然了，我可不像有些人那么无情无义。

蒋云：（看了眼衬衣）谢了。

潘晓晓：哇，从蒋大少爷嘴里说出这句话可真是不容易啊。可我不要只听一句谢谢，我还要看到行动。

蒋云：什么行动？

潘晓晓：半小时后，你在家门口等我。记住，要穿着我送你的那件衬衣。一会见！

［蒋云挠挠头皮，皱眉看着身旁的衬衣。

武杰与沈蓓儿家　内　日

［时钟走在下午两点。

［武杰在书房电脑前做设计图，沈蓓儿在客厅沙发上翻杂志。

沈蓓儿母亲来电：女儿，今天周末，和武杰来家里住吧，妈妈买了好多菜。

沈蓓儿：噢，妈，我问问武杰。

沈蓓儿：（朝书房门口大声地）武杰！妈妈让咱们回家里住一晚！

武杰：（看着电脑）今晚吗？我正赶任务呢，老婆！要不，我送你去，我还是留在家里干活吧！

沈蓓儿：妈，武杰赶任务呢，我自己过来吧。

［沈蓓儿拿包准备出门。

武杰：（拿车钥匙）老婆，我送你过去。

沈蓓儿：（看看时钟）这一来一回就要一个半小时，太浪费时间了。你就在家安心干活吧，我自己开车去。

武杰：我不放心你自己开车。

沈蓓儿：没事，我开慢点就行了。

武杰：（吻吻沈蓓儿）谢谢老婆大人的善解人意，这次案子做好了，我送你一件大礼。

［武杰蹲下身，帮沈蓓儿穿鞋。

沈蓓儿：我看大礼就算了吧，你还是攒着钱买宝宝的尿片和奶粉吧。

武杰：（敬了个礼）遵命，老婆大人！

沈蓓儿：（出门）你乖乖在家，晚上记得自己做点吃的，别吃方便面啊。

武杰：放心吧，老婆，你路上慢点，到妈妈家给我电话。

［沈蓓儿关上门，武杰定了定，回到书房继续工作。

蒋云家楼下　外　日

［蒋云穿着潘晓晓送的格子衬衣，站在家楼下。

潘晓晓：（冲上前搂住蒋云的脖子）你总算能听我一次话了。

蒋云：（拿掉潘晓晓的手）放手放手，被别人看到不好。

潘晓晓：看到了更好，我要让所有人都知道我们是一对。

［两人上车。

［蒋云刚想踩油门，想起沈蓓儿的话，系上安全带。

潘晓晓：呦，没看出来啊，蒋大少爷还会怕开车啊。

蒋云：（尴尬地瞥瞥潘晓晓）我这是好习惯，不行啊。

潘晓晓：什么时候养成的呀？以前没看出来啊！

蒋云：（大声地）刚养成的！大小姐要去哪儿？

潘晓晓：去天涯海角！

蒋云：上海没有天涯海角。

潘晓晓：我说有就有！走！

〔蒋云摇摇头，一脚油门出发。

祝洋娘家　外　日

〔丁海滨想起昨晚那一幕，潘晓晓将手机砸坏的情景。

〔丁海滨犹豫一下，关上电脑走出书房。

丁海滨：老婆，我出去一趟。

祝洋：上哪儿啊？

丁海滨：去一位刑满释放人员的家里，帮忙安排工作。

祝洋：那你晚饭回来吃吗？妈妈他们去做客了，也不回家吃饭。

丁海滨：不一定，晚点给你电话吧。

〔丁海滨出门，祝洋坐在沙发上，打开电视机，心不在焉地换着频道。

人民广场　外　日

〔过场镜头，欢快的音乐。

〔潘晓晓和蒋云来到广场，潘晓晓买来冰激凌蛋筒，蒋云摇摇头，潘晓晓逼着他吃。

〔潘晓晓来到手机柜台前看手机。

蒋云：买吗？

潘晓晓：你送我，我就要。

蒋云：为什么要我送你？

潘晓晓：我是为了你才把手机摔了的，你理应送我。

［蒋云无奈地拿出银行卡付账，潘晓晓开心地拿过手机。

［潘晓晓拉着蒋云来到柜台前试戴太阳镜，蒋云摇摇头。潘晓晓试穿衣服和鞋，换了一件又一件。潘晓晓问蒋云，他无奈地在一旁点头、摇头。蒋云拿银行卡付钱，潘晓晓提着几个袋子兴奋地吻了他。

［潘晓晓拉着蒋云来到男装柜台，为他挑选衣服，蒋云摇着头，潘晓晓笑着将几件衣服拿到柜台。潘晓晓掏出信用卡付账，蒋云无奈地皱眉。

［潘晓晓拉着蒋云来到超市，买食品和生活用品。经过避孕套柜台，潘晓晓抿嘴笑，推着手推车往前走，又定住，后退至那儿。看向远处，悄悄用手拿了一盒放进手推车，快步地走向前。蒋云看看，抬着眉尴尬地撇过头去。

［两人来到游乐场，玩起赛车和打枪。潘晓晓兴奋地大叫大喊，蒋云目光无神地配合着。

［潘晓晓兴奋地拉着蒋云拍大头像，她抱着他、搂着他做出各种动作，蒋云心不在焉地配合着。

［潘晓晓拉着蒋云来到纹身店，看着五彩斑斓的纹身图案，潘晓晓兴奋地从中挑选了一个图案，让技师纹在自己的右手臂上。潘晓晓让蒋云也纹，蒋云拒绝，潘晓晓非得让技师在他的左手臂上纹同样一个图案。潘晓晓在帘子那边纹，蒋云悄悄地和技师沟通，拿出皮夹内的一叠钱塞进他手里，技师笑着点点头。潘晓晓将纹好的右胳膊和蒋

云的左胳膊拼凑到一起，正好是一个完整的天使图案。

商场　内　日

〔丁海滨来到商场的数码柜台，挑选起手机来。

〔丁海滨看到苹果（iPhone），让营业员拿出一款白色。他看看，上面的标价为 5999 元。

丁海滨：小姐，我要这一款，帮我开票吧。

〔服务员将手机盒的袋子递给丁海滨，丁海滨微笑着提着袋子离开。

丁海滨车　黄昏　内

〔丁海滨进车里，拨打潘晓晓家里电话。

丁海滨：请问，潘晓晓在家吗？
阿姨：小姐出去了。
丁海滨：那我晚点再打来。

〔丁海滨想了想，发动引擎。

丁海滨：（拨打祝洋电话）老婆，他们一定要留我在家吃饭，晚饭就不回来吃了。

[丁海滨将车开到潘晓晓家楼下,静静地坐在车内等候,看着手表。

武杰与沈蓓儿家　　黄昏　　内

[武杰在电脑前认真地画图，他喝口茶，伸个懒腰，看看时间为傍晚6点。

武杰：（给沈蓓儿拨电话）老婆，吃饭了吗？

沈蓓儿：正准备吃，你呢？

武杰：我还在忙呢，一会再说。

沈蓓儿：那你别马虎哦。

武杰：好嘞，你多吃点，明晚去咱妈家吃饭。

[武杰挂掉电话，翻翻号码，看到祝洋一栏，按下拨打键。

武杰：在忙吗？方便说话吗？

祝洋：方便，你说吧。

武杰：吃饭了没？

祝洋：还没，一个人不知道吃什么好。

武杰：那要不……一起吃晚饭？

祝洋：你这会有空了？

武杰：再忙也是要吃饭的嘛。等我，我来接你。

潘晓晓家楼下　外　夜

　〔夜幕降临，丁海滨仍在车内静静地等候潘晓晓。他买来汉堡和饮料，边吃边看着前方。

武杰车　内　夜

　　祝洋：谢谢你又请我吃饭。
　　武杰：（开车）着急回家吗？

　〔祝洋摇摇头，看着窗外。

　　武杰：你想去哪？
　　祝洋：都可以。

　〔武杰一路开车，两人沉默。
　〔武杰将车开到酒店门口，祝洋愣住。

　　武杰：（笑笑）我们去喝点东西。

酒店音乐酒廊　内　夜

　〔武杰和祝洋来到音乐酒廊，大厅一片热闹的景象。

　　服务生：不好意思二位，今天是周末，满座了，请稍等片刻，有位置了我叫你们。

〔武杰和祝洋互相笑着摇摇头。

电梯　内　夜

〔两人进电梯，互相笑笑。

祝洋：夜的都市如此绚烂，却没有我们可以歇脚的地方。
武杰：谁让我们碰上周末了。

〔电梯开门，上来一批吃完饭的客人，挤满了整间电梯。
〔祝洋被挤到最里面，脚不知放哪里好。
〔武杰站在身后，慢慢将两手环抱在祝洋腰间，祝洋有种被保护的感觉。
〔电梯到一楼开门，人陆续出去。武杰一把按住电梯按键，按了8楼，电梯又上去了。
〔祝洋低头，不响。
〔电梯开。

武杰：你在这里等我，我马上就来。

〔祝洋走出电梯，看着武杰，电梯门关上。
〔画外音：多好的周末！看来老天都要让他们在一起。

酒店大堂　内　夜

武杰：（匆匆来到大堂前台）小姐，请给我开一间 8 楼的房间。

前台：先生是住一晚吗？

［武杰看看墙上的时钟走在 9 点 45 分。

武杰：（皱眉想想）对，一晚。

［前台：0812 房，这是您的房卡，请拿好！

酒店走廊　内　夜

［电梯到 8 楼，开门。

［祝洋靠在墙壁上，侧头笑着看武杰。

［武杰一把拉过祝洋的手，径直往前走。

［武杰开房门，拿出"请勿打扰"的牌子挂在门口。

［武杰将祝洋靠在墙上，两人喘着气。

武杰：（捧住祝洋的脸）现在，有属于我们的地方了。

［武杰吻住祝洋，抚摸她的腰身和大腿。

［两人来到床上，武杰悄悄将手伸进裤袋，将手机关机。

［两人激情地缠绵在一起。

［画外音：她出轨了，他背叛了。他们获得了人生中的第一次，

婚外情。

酒店房间　内　夜

［酒店房间内，潘晓晓穿着蒋云的格子衬衣，光着腿来回走动。
［蒋云在浴室里洗澡。

沈蓓儿娘家　内　夜

［沈蓓儿坐在电脑前，打开 QQ，看见蒋云的头像是黑着的。

酒店房间　内　夜

［蒋云从浴室里出来，潘晓晓上前抱住他。

　　蒋云：我刚洗干净。
　　潘晓晓：怎么，我很脏吗？
　　蒋云：好啦，快去冲澡！
　　潘晓晓：那我去洗了，你乖乖等我！

［潘晓晓在蒋云脸上亲了一口，进浴室。
［蒋云拿过手机，想想，站在落地窗前拨打沈蓓儿电话。

　　蒋云：是我，睡了吗？
　　沈蓓儿：还没有。

蒋云：（看看浴室的方向）抱歉，今晚我上不了网。

沈蓓儿：在外面聚会吧？

蒋云：（皱皱眉）嗯，朋友过生日，要通宵了。

沈蓓儿：那你别喝醉了。

蒋云：嗯，放心，我不多喝。明天联系你，晚安。

［蒋云挂掉电话，将沈蓓儿的电话记录删除，默默地注视窗外。

［潘晓晓裹着浴巾出来。

蒋云：我的打火机是不是在你这儿？

潘晓晓：是啊。

蒋云：还给我吧，我要抽烟。

潘晓晓：（扑到蒋云身上，一把将他按到床上）说你爱我，就还你。

蒋云：听话，快给我。

潘晓晓：快说啊，说你爱我！

蒋云：（皱眉，无奈地，轻声地）我爱你。

潘晓晓：（盯着蒋云）潘晓晓，我爱你。

蒋云：（无奈地）潘晓晓，我爱你。

潘晓晓：（亲了蒋云一口）这还差不多。

［潘晓晓从包里取出 zippo 打火机，帮蒋云点上烟。

［两人躺在床上，共抽一支烟。潘晓晓小女人地抱着蒋云，蒋云看着电视机，满脸的麻木。

潘晓晓家楼下　内　夜

〔丁海滨在车内等潘晓晓，困了，靠在座位上闭起眼。

沈蓓儿娘家　内　夜

〔沈蓓儿拨武杰的电话。

对方：您好，您所拨打的电话已关机。

〔沈蓓儿看看时间为22点40分，她又拨家里电话，长音没人接。
〔沈蓓儿失望地对着电脑，看起电影来。
〔时钟指在23点10分，沈蓓儿拨打武杰手机，依然关机，打去家里，还是没人接。
〔沈蓓儿躺在床上，客厅里的大钟咣当响，指在12点上。她再次拿起手机，依然如上。

酒店房间　夜　内

〔武杰与祝洋在床上缠绵后，两人抱着看电视。

武杰：（吻着祝洋的额头）今晚不要回去了。
祝洋：（拿起手机一看，叹口气）现在已经是第二天了。
武杰：他一晚都没来电话，估计睡了吧。
祝洋：之前我给他发过短信，说和小姐妹吃饭去了。

武杰：要是他问起来，你就说小姐妹过生日，通宵。等天亮了，你再回去。

祝洋：（叹了口气）也只能这么说了。

武杰：他会怀疑吗？

祝洋：（看着天花板）他这个人最大的优点，就是从来不怀疑我。

潘晓晓家楼下　清晨　内

〔清晨，鸟儿在树上吱吱地叫着。

〔丁海滨在车里睁开眼，发现天亮了。

丁海滨：（看着潘晓晓家，拨打电话）请问，潘晓晓在家吗？

阿姨：小姐在外面通宵聚会，一晚上没回来。

〔丁海滨看看新买的手机，开车离开。

酒店房间　清晨　内

〔祝洋睁眼一看手机，8点，连忙起身，穿衣。

武杰：（迷糊地）亲爱的，这么早就起了？

祝洋：我要回家了。

武杰：（抹抹脸，定定）我送你。

武杰车　清晨　内

　　〔武杰开车送祝洋。

　　祝洋：就在路口停吧。

　　武杰：（踩刹车）好，空了再联系你。

　　祝洋：（打开车门，冷冷地）开车小心，再见。

　　〔祝洋匆匆下车，武杰看着她的背影，沉思。

祝洋娘家　清晨　内

　　〔祝洋拿着早饭进家门，发现卧室的床铺是整齐的。

　　〔祝洋母亲走出来。

　　祝洋：妈，您起了？

　　祝洋母亲：昨天很晚回来吧？

　　祝洋：（将早饭放在桌上）嗯，朋友聚会。

　　〔丁海滨开门进来，手里也拿着早饭，两人对望，愣住。

　　祝洋母亲：呦，海滨也这么早？

　　〔丁海滨尴尬地笑笑。

　　〔两人进卧室。

丁海滨：昨晚玩得开心吗？

祝洋：（尴尬地）嗯，蛮开心的，一直玩到早晨，他们也不让人走。

丁海滨：（假笑）开心就好，开心就好。走，我们出去吃早饭。

武杰与沈蓓儿家　　内　　日

［武杰在浴室洗澡，想起昨夜与祝洋激情的一刻，定定，狠狠地用水冲洗头发。

［武杰坐在沙发上，打开手机，给沈蓓儿去了电。

武杰：（咳嗽一声）老婆，起床了吗？

沈蓓儿：昨晚给你打电话怎么关机了？家里也没人接？去哪儿啦？

武杰：（用毛巾擦头发）噢，你说昨晚啊。我一直忙到9点，才想起没吃晚饭，就跑去外面吃东西了。之后哥们约我去喝两杯，后来手机应该没电了吧。

沈蓓儿：真的是这样？

武杰：真的是这样，不骗你老婆。

沈蓓儿：那你几点回到家的？

武杰：大概1点左右吧。

沈蓓儿：以后，不要让我担心了。我现在是孕妇，心情不能大起大落的。听到没？

武杰：是，是，老婆说得有理。以后出门，我都把手机的电充足了。

沈蓓儿：那你什么时候过来？

武杰：马上。

〔武杰挂了电话，抹抹脸，长长地舒了口气。

丁海滨车　内　日

〔丁海滨与祝洋坐进车内，祝洋瞥见后座的手机袋。

祝洋：咦，你买新手机了？

丁海滨：没有，一个朋友让我替他买的，我不是在卖场有人认识嘛，能优惠点。

丁海滨：（将祝洋送到装修的房子楼下）老婆，你上楼吧，我把手机给朋友送去。

潘晓晓家楼下　内　日

丁海滨：（在车内致电）请问潘小姐在吗？

阿姨：请稍等。

潘晓晓：喂？

丁海滨：晓晓吗？我是丁海滨。

潘晓晓：噢，老丁啊。

丁海滨：那个……我现在在你家楼下，你能出来一下吗？

潘晓晓：什么？你在我家楼下？

丁海滨车　内　日

潘晓晓：（一屁股坐进丁海滨车里）这么好来看我啊？

丁海滨：（将手机袋递到潘晓晓手里）这个……送给你。那天你把手机砸了，我就想给你换个新的。

潘晓晓：（惊讶地看着苹果手机）你新买的？

丁海滨：（低头笑笑）是啊，刚买的，发票都在里面。

潘晓晓：（愣住）可是我已经……

丁海滨：现在没有手机多不方便啊，你肯定很不习惯的。

潘晓晓：这得花你一个多月的工资了，我把钱给你。

丁海滨：不用不用，这是我送你的。本来昨天想送给你，结果你不在家，我等了你一晚上。

潘晓晓：在这儿？

〔丁海滨低头笑笑。

潘晓晓：（感动地抱住丁海滨）谢谢你海滨哥，比起有些人，你真的细心太多了。

丁海滨：（笑）我把你当做自己妹妹一样看待，你不开心，我也会难过。

潘晓晓：（摸着丁海滨的脸）如果你没有结婚就好了，说不定，我会考虑和你在一起的。

房间　内　夜

〔过场镜头：夜深，武杰与沈蓓儿躺在床上。沈蓓儿悄悄下床来到书房，上网和蒋云对话。武杰悄悄与祝洋发短信，发完后删除，关机。

〔傍晚，武杰在酒店房间，发短信给沈蓓儿：老婆，晚上我要去郊区看房子，回来得较晚。手机快没电了，抱歉。武杰发短信给祝洋：产品价格，1205元。发完立马关机。祝洋敲门进入1205，挂上"请勿打扰"的牌子。晚上零点，武杰先出房间去地下车库取车，祝洋后一步出门，戴上墨镜，进电梯去地下车库。

　　〔沈蓓儿在电脑上与蒋云对话。

　　〔武杰进家门，沈蓓儿关上电脑出去迎接武杰。

　　〔祝洋在装修的新房里，满面风光地收拾着。一伙计望着她的高跟鞋走来走去，皱着眉挠挠头皮，疑惑地看着她。

酒店房间　内　夜

　　〔潘晓晓与蒋云在路上，天忽然下起大雨，两人赶紧一路小跑进酒店。

　　〔两人来到房间，潘晓晓拿毛巾给蒋云擦脸。

潘晓晓：快把衣服脱了。

　　〔潘晓晓拿毛巾帮蒋云擦身，擦拭左手臂时，发现纹身有点褪色。她又重重地擦了擦，继续褪色。她着急地不断擦拭着，纹身的痕迹在一点点消失。

潘晓晓：（气得扔掉毛巾）蒋云！你什么意思？

蒋云：既然你看到了，也就没什么好隐瞒的了。

　　〔蒋云来到浴室，打开莲蓬头从上冲水。左手臂上的纹身在热水的冲刷下一点一点地消失了。

［潘晓晓站在门口惊讶地看着，眼眶红了。

蒋云：（用浴巾擦干手臂）看到了吧。

潘晓晓：（瞪大眼）你竟然用个假纹身来骗我？

蒋云：（叹一口气）我有我自己的原则，对不喜欢的东西，我绝对不会接受。

潘晓晓：（推了一把蒋云，走出浴室）蒋云，你混蛋！

蒋云：（靠在墙上，深沉地）我有洁癖，不允许身上留有任何痕迹，疤痕也不行。更何况，是去不掉的纹身。

潘晓晓：（站在床边，狠狠地看着侧身的蒋云）我都可以为了你在身上留下永久的记号，为什么你就不行？

蒋云：那是你的事，并不代表我也愿意。

潘晓晓：（眼睛湿润）蒋云，你真自私！

［蒋云沉默。

潘晓晓：（大声地）你不喜欢的东西……哼！那么我呢？你又是怎么对我的？

［蒋云靠在墙上，欲言又止。

潘晓晓：（伤心地，大声地）我为了你什么都肯做，就算失去现在拥有的一切也无所谓！可是你呢？你能为我做什么？

潘晓晓：（眼泪在眼眶中闪动，颤抖地）你甚至都不肯说一句，我喜欢你！

〔潘晓晓拿出手机放出录音，眼泪在眼眶中转动。

蒋云：（录音声）潘晓晓，我爱你。

〔蒋云愣住，双眼湿润。

潘晓晓：（沉沉地）听到了吗，这就是你说的。

潘晓晓：（眼泪夺眶而出，大声地）我想，你自己都应该听得出你这句我爱你有多么苍白无力！

〔潘晓晓将手机狠狠摔在蒋云面前。

潘晓晓：（狠狠地盯着蒋云）蒋云，我恨你！

〔潘晓晓甩门离开。

〔蒋云靠墙慢慢蹲下，木然。

〔蒋云红眼坐在地上，捡起手机，按下按键，放出无力的表白。

蒋云：（录音）潘晓晓，我爱你。（一遍遍不断放录音）潘晓晓，我爱你……潘晓晓，我爱你……

〔蒋云翻着潘晓晓的手机，看见相片一栏点开，全是关于蒋云的相片。蒋云吃饭时、说话时、打电话时、逛街时、熟睡时，都是潘晓晓抓拍和偷拍的。两人的合影，潘晓晓幸福地微笑着，蒋云被动地配合着，脸部没有表情。

〔蒋云翻到记事本，显示潘晓晓的记录。

〔画面重现，潘晓晓画外音：2011 年 10 月 2 日我生日，晚 22 点 18 分，我遇见了人生中的真命天子，蒋云。

〔2011 年 10 月 6 日蒋云生日，我们又在 KTV 遇见。这是上天的安排，天定的缘分。

〔2011 年 10 月 7 日，我们在路上飙车，吵闹，撞车，修车。我带他去吃了我最爱的海鲜，可他似乎并不喜欢。当晚为了一口气，我一报还一报，在我的车上写下了他的电话号码，这是为了纪念我们的相识，更是为了让自己记住这个可爱的大男孩，蒋云。

〔2011 年 10 月 11 日，两天了，我一直打不通他的电话。我很生气，一路飙车，闯了几个红灯，差点撞了人。在我最伤心难过的时候，陪在我身边的人却不是他。

〔2011 年 10 月 15 日，我主动吻了他，我想告诉他，我爱他。在酒吧里，大伙见证了我们的交杯酒和亲吻，别人都默认了我们是一对金童玉女。我们喝多了，我把自己交给了他。我无怨无悔，哪怕知道他是被动的……

〔蒋云一条条看着潘晓晓的记录，一滴泪滴在手机屏幕上。

沈蓓儿家楼下　外　夜

〔大雨，蒋云在路上飙车，眼眶湿润。

〔蒋云来到沈蓓儿家楼下，淋雨拨电话。

蒋云：（激动地）你在家吧，现在方便出来吗？我在你家楼下，我有话对你说!

〔沈蓓儿拿着伞下楼，看见蒋云在淋雨。

沈蓓儿:（上前）蒋云，你怎么了?

〔蒋云红眼看着沈蓓儿，不说话。
〔两个人不说话，默默地看着彼此。
〔蒋云一把将沈蓓儿抱住，沈蓓儿愣住，红眼，雨伞掉在地上。

潘晓晓车　内　夜

〔潘晓晓哭着在雨天里快速地开车，她打电话给丁海滨，哭诉着。
〔丁海滨来到车内，搂住伤心的潘晓晓。

酒店房间　内　夜

〔武杰与祝洋在床上激情地拥吻、缠绵。
〔大雨落在玻璃上，模糊了外面的夜景。

沈蓓儿家楼下　外　夜

〔蒋云流泪，舍不得地一把放开沈蓓儿，将伞拿起递给她，狠狠地转身离去。
〔沈蓓儿望着蒋云的背影，眼里湿润着。

〔蒋云越走越快，忽然猛地转身。

蒋云：（激动地，大声地）沈——蓓——儿——我——喜——欢——你！

〔沈蓓儿流下眼泪。

〔蒋云转身快速离去。

〔沈蓓儿看着蒋云的背影，忽地扔掉雨伞。

沈蓓儿：（大声地）小——屁——孩！

〔蒋云愣住，一滴泪掉下。

〔蒋云想起儿时的情景。

〔情景再现：沈蓓儿牵着自己的手，买来棒棒糖递给蒋云，蒋云开心地吃着。沈蓓儿摸摸他的头：小屁孩，就知道吃。

〔动物园里，蒋云故意躲起来。沈蓓儿着急地喊：蒋云！蒋云！沈蓓儿坐在石阶上着急地哭着：小屁孩，你跑到哪里去了？快出来，不要和姐姐躲猫猫！小屁孩，小屁孩……蒋云走过来，拉拉沈蓓儿的手：姐姐，我在这里！沈蓓儿气得拉过蒋云，打他的屁股：我让你躲，让你躲！你故意气姐姐是不是？沈蓓儿紧紧抱住蒋云。蒋云拿出手绢给沈蓓儿擦泪：姐姐不要难过了，我把棒棒糖给你吃！蒋云把棒棒糖塞进沈蓓儿嘴里。沈蓓儿：姐姐又不是小孩子，不吃棒棒糖！蒋云：姐姐，你不要生气了好吗？沈蓓儿：只要你不逗我，我就不生气。蒋云眨巴着大眼睛：对不起，我再也不逗姐姐了。沈蓓儿摸摸蒋云的头：你这个小屁孩！沈蓓儿牵着蒋云的手往前走，蒋云将棒棒糖放进嘴里。

〔闪回。蒋云咬住嘴唇，转身，奔跑到沈蓓儿面前，一把将她牢牢抱住。

潘晓晓车　内　夜

〔潘晓晓死死抱住丁海滨，丁海滨不断拍着她的背。

蒋云车　内　夜

〔蒋云与沈蓓儿在车内紧紧拥抱，大雨模糊了车窗一片。

蒋云：（红眼）小屁孩回来了，他回来了……
沈蓓儿：（哭着摸蒋云的头）小屁孩还是和小时候一样，那么让人操心。
蒋云：从现在开始，小屁孩不再叫你蓓蓓姐了。

〔沈蓓儿伤心地摇头。

蒋云：小屁孩长大了，他终于知道自己要的是什么了。
沈蓓儿：他知道什么了？
蒋云：（一滴泪滴在沈蓓儿肩上，深情地）直到遇见你，他才知道，什么是爱情。

〔沈蓓儿闭眼，痛苦地流泪。
〔沈蓓儿的心理描写：蒋云，对不起，我给不了你要的爱情。

蒋云：（坚定地）我什么都不求，只求我爱你！

沈蓓儿：（摇头）你要接受现实。我是个有家的女人，我有丈夫，还有……孩子。

蒋云：（看看沈蓓儿的肚子）其实，我已经猜到了。

〔沈蓓儿惊讶地望着蒋云。

蒋云：第一天在酒店见到你的时候，我就感觉到了。

〔沈蓓儿流泪，摸着蒋云的脸颊。

沈蓓儿：（痛苦地）我们是活在两个年代的人，相差整整八岁，这种事不应该发生在我们身上。

蒋云：（摸着沈蓓儿散落的湿发）年龄又算得了什么呢？爱一个人，并不是爱她的年龄。

沈蓓儿：（痛苦地摇头）不是时候，不是时候……

蒋云：既然我们遇见的不是时候，为什么不能在有生之年做些值得的事？我不想将来后悔。

沈蓓儿：我们不能相爱，不可以的……

蒋云：（深情地）我不要你做什么，我也不会破坏你的家庭和生活。我只求让我看到你，在你需要帮助的时候陪伴你、照顾你。在你伤心失落的时候，能有个人安慰你。其他的，我什么都不求。

沈蓓儿：这样对你不公平。

蒋云：（深情地看着沈蓓儿）爱情，是不讲公平二字的。在我眼里，只要是爱，深爱，它就是真爱！

沈蓓儿：这是一份痛苦的爱。

蒋云：（激动地）那你告诉我，从头到尾，你都没有喜欢过我吗？假如你说是，从下一秒开始，我会自动消失在你眼前，再也不让你看见我！

沈蓓儿：（哭着摸蒋云的头）不要这样，求求你不要这样好不好？

蒋云：（大声地）我只要你一句话！一句，真心话！

　　〔沈蓓儿哭得厉害，她抱住蒋云，点点头。

蒋云：（哭着将沈蓓儿抱紧，温柔地）好了，我得到了，足够了。接下来的日子，我会看着你将宝宝生下来，看着你们一家三口过幸福的日子。而我，也会继续寻找自己的理想和生活。（皱眉，痛苦地）只是，在我蒋云的生命里，再也找不到一个，像沈蓓儿那样让我心动和不顾一切的女人了。

　　〔蒋云吻着沈蓓儿的额头。

沈蓓儿：蒋云，谢谢你能这样爱我，谢谢……

蒋云：告诉我，如果你没有结婚，没有男朋友，我们年龄相仿，你会爱上我吗？

沈蓓儿：（哭得泣不成声）如果还有下辈子，让我们做一对真正的恋人吧。

蒋云：（坚定地）如果真有下辈子，我一定不会让你从我身边溜走。我会紧紧地抓住你，让你做我的女人，给你我的所有，让你成为我身边最幸福的女人，你愿意吗？

沈蓓儿：（点头，心痛地）好，我们就这么说定了。下辈子……

〔蒋云摸着沈蓓儿的头，心疼地吻着她的头发。

〔后视镜上的香包，左右摇摆着。雨下得很大，车窗外模糊了一片。

潘晓晓车　内　夜

〔潘晓晓躺在丁海滨的怀里，睡着了。

〔丁海滨驾驶潘晓晓的车，将她送回家，自己再打车离开。

武杰与沈蓓儿家　内　日

〔沈蓓儿在卧室，整理一些要洗的衣物。

〔沈蓓儿拿着衣物篮到浴室，将衣服一件件拿出放进洗衣机。

〔沈蓓儿拿着武杰的一条牛仔裤，习惯性地伸进口袋，却意外地找出了一个未拆封的避孕套。

〔沈蓓儿惊呆地将它拿在手里，想起这是自己与武杰之前用的那款。

〔沈蓓儿眼眶湿润了，蹲下身子，脸贴在洗衣机前，颤抖着身子，呆呆地倒在地上，旁边全是一地衣物。

武杰车　内　日

〔车子停在偏僻的路上，武杰与祝洋在车内拥吻。

武杰与沈蓓儿家 内 日

〔沈蓓儿坐在沙发上，拿手机拨武杰号码。手机传来声音：您好，您所拨打的电话已关机。

〔手机显示时间为下午 13 点 40 分。

〔沈蓓儿绝望地愣在那里，眼泪掉下来。

〔沈蓓儿将柜子里的避孕套全部拿出来，一一数了一遍。

武杰与沈蓓儿家 内 夜

〔深夜，武杰在床上熟睡。沈蓓儿悄悄起身，拿起武杰的手机走出卧室。

〔沈蓓儿开机，查看通话记录与短信。

〔武杰睁眼，看看床头柜上的手机没了，镇定地又闭眼。

〔沈蓓儿翻了一遍，没有什么可疑，关机。进卧室，将手机轻轻放回原处，上床。

〔武杰轻轻舒了口气。

〔沈蓓儿咬住嘴唇，眼泪流出眼眶。

武杰与沈蓓儿家 内 日

〔沈蓓儿在梳妆台前梳头，武杰在穿衣服。

沈蓓儿：老公，周末还要加班吗？

武杰：（吻住沈蓓儿的颈项）是啊，老婆。最近在赶两个案子。

我要多赚点宝宝的奶粉钱。

〔沈蓓儿木然地看着镜中的武杰，他正在柜子里找袜子。

沈蓓儿：（想了想）今天我要和姐妹们聚会，晚上直接回妈妈家住，就不回家了。你呢？

武杰：（定了定）哦，我，我还是回家干活吧。照旧，明天去咱妈家吃晚饭。

〔沈蓓儿面无表情地对着镜子梳头。

路上　内　日

〔蒋云带着一大袋子的食物开车，潘晓晓来电。

潘晓晓：蒋云，我想和你谈一谈。
蒋云：我现在没时间，晚点再说。
潘晓晓：晚点是什么时候？
蒋云：我有空联系你吧。

〔蒋云挂了电话。

沈蓓儿家楼下　内　日

〔蒋云将车开到沈蓓儿家楼下，按喇叭，沈蓓儿进车。

　　蒋云：（翻开袋子）看我给你带了什么，蛋白粉、燕窝、蜂蜜、芝麻粉、钙片、铁片，还有还有，蛋挞和鸡翅，还是热的呢！我听阿姨说，孕妇吃这些有营养。

　　[沈蓓儿眼眶红了。

　　蒋云：怎么了怎么了，好好的怎么哭了？
　　蒋云：（喂沈蓓儿吃蛋挞）来，尝尝！

　　[沈蓓儿吃一口，眼泪不自觉地流下来，一头扎进蒋云怀里，像个受委屈的小女孩。
　　[蒋云心疼地抱住沈蓓儿，柔柔地拍着她。蒋云眼眶微红，隐约感觉出些什么。

武杰与沈蓓儿家　黄昏　内

　　[沈蓓儿回到家看手机，时间为18点整。

　　沈蓓儿：（拨武杰手机）老公，在哪儿呢？
　　武杰：老婆，我正要和客户去吃饭呢。你呢？
　　沈蓓儿：（打开音响）我和姐妹们吃饭呢，一会还有活动，估计很晚到妈妈家。
　　武杰：那你路上小心点啊。
　　沈蓓儿：你什么时候回家啊？
　　武杰：吃完饭估计就回家了吧，最晚不会超过9点。

沈蓓儿：那你早点休息，画图别太晚了。

武杰：你也是，我爱你，老婆。

[沈蓓儿放下手机，木木地。音响里，放出动感的音乐，很大声。

酒店电梯　内　夜

[蒋云与潘晓晓在电梯最里面，电梯为下降状态。

潘晓晓：（黯然地）这会不会，成为我们的最后一顿晚餐呢？

蒋云：（冷冷地）也许吧。

[电梯在9楼的中餐厅开门，上来一对男女。

[蒋云看看，觉得眼熟。

[电梯在6楼客房停住，那对男女低头走出去。

[蒋云想起那男人就是在沈蓓儿婚礼上见过的新郎，武杰。

蒋云：请让一让！

潘晓晓：哎，你去哪儿？

蒋云：（不回头，径直走）你在车库等我！

[蒋云小心翼翼跟在他们后面。男女来到客房门口，蒋云侧身躲在墙壁后。听到关门声，蒋云走上前看看房门，把手处放着"请勿打扰"的牌子。

[蒋云愣着靠在墙上。

酒店前台　内　夜

蒋云：（匆匆来到前台）小姐，我想问下 0609 房的客人是不是姓武?

前台：请问先生有什么事吗?

蒋云：我是武先生的朋友，从外地过来。刚才在楼道里看见他，想确认下是不是他。

前台：那您打他电话就可以了。

蒋云：我手机刚丢，没号码了。如果他确实叫武杰，那我就在这里等他。

前台：（怀疑地看了眼蒋云，查看电脑）先生，0609 房登记的客人确实叫武杰。

［蒋云木然地向后退一步。

酒店车库　内　夜

［蒋云来到车库，潘晓晓在自己的车里等他。

蒋云：（坐进车内）你先回去吧，我有点急事!

潘晓晓：到底有什么事，这么神神秘秘的?

蒋云：真有正经事!

［蒋云一脚油门出去。

潘晓晓:（在车内大声地）蒋云,你混蛋!懦弱的胆小鬼,你连我都不敢面对!

酒店房间　内　夜

武杰:亲爱的,你先去冲澡吧。

〔看着祝洋进浴室,放出水声,武杰打开电视机,将音量调到最大。

武杰:（拨打沈蓓儿手机）老婆,玩得开心吗?
沈蓓儿:（手机里传来吵闹的音乐）我们在唱歌呢,你呢?
武杰:我,我在家啊,在看电视呢。

〔电视屏幕上放出电视连续剧。

武杰与沈蓓儿家　内　夜

〔沈蓓儿开着音响,木木地坐在沙发上,两行眼泪落下。

沈蓓儿:（冷冷地）别忘了看完电视把插头拔了,今晚有大雨。
武杰:知道了,老婆。你别玩得太晚,早点回妈妈家休息。

〔沈蓓儿绝望地挂了电话。

酒店房间　内　夜

〔武杰舒了口气，将手机扔在椅子上，躺在大床上，忘了关机。

武杰与沈蓓儿家　内　夜

〔沈蓓儿狠狠将手机摔在地板上。

〔沈蓓儿来到卧室，一把拉开抽屉，在床上倒出所有避孕盒，一个一个盒子胡乱地拆开看。发现其中一个盒子里比上次少了一个避孕套，眼泪再次落下。

〔沈蓓儿一把将所有盒子甩到地上，拿起剪刀一个一个剪成两半。

〔沈蓓儿看着满地的垃圾，哭成泪人。

蒋云车　内　夜

〔蒋云快速地开着车，满脸的着急与担心。

〔后面有一辆车紧跟其后。

酒店房间　内　夜

〔武杰与祝洋缠绵完后，武杰上浴室冲澡。

〔椅子上武杰的手机响。

〔祝洋一看，显示老婆来电。

祝洋：（轻轻敲门，轻声地）武杰，你电话。

〔武杰开了条缝，祝洋将手机递过去。

〔武杰一看屏幕，愣住，铃声不断地响着，水声不断地响着。

〔一阵闪电、打雷。

〔祝洋静静地坐在靠窗的床边，看着落地窗外。

〔武杰裹着浴巾尴尬地出来，叹口气，坐在床的另一角，两人背对背。

祝洋：（眼眶湿润，冷静地）为什么？为什么要瞒着我？

武杰：对不起，我骗了你。

〔祝洋心痛地闭眼，眼泪滑过脸颊。

〔又一阵电闪雷鸣。

祝洋：为什么要骗我？

武杰：（红眼）我有家，有老婆……我马上，就要做爸爸了。

〔祝洋痛苦地再次闭眼，抖动着嘴唇。

武杰：我们08年8月登记的，在我和你认识的前几天，刚刚办了婚礼。

〔祝洋捂住嘴，眼泪不断流着。

〔天下起大雨。

武杰：之所以瞒着你，是不想让你有所负担。

祝洋：你喜欢的，只是我的身体吧？

武杰：不全是……

祝洋：因为妻子怀孕了，所以丈夫就在外面偷腥，是这样吧？

武杰：祝洋，我是真心喜欢你的。

祝洋：（激动地）男人为什么都是这样，永远做不到一心一意？永远都是口是心非？

武杰：那你们女人呢？女人不也一样，永远不会感到知足。哪怕，那个丈夫是多么信任自己的妻子。

祝洋：（猛地转过身，拿起枕边的避孕套，大声地）你知不知道为什么每次你拿这个我都说不用？

〔祝洋将避孕套狠狠地摔在武杰面前。

〔武杰愣住。

〔大雨，模糊了玻璃。

沈蓓儿家楼下　内　夜

〔蒋云将车开到沈蓓儿家楼下。

蒋云：（打电话，急切地）你在家吗？在吗？

〔沈蓓儿坐在地板上，接起电话不出声。

蒋云：蓓蓓，说话，说话！

〔沈蓓儿呜呜地哭着，不出声。

沈蓓儿家楼下　内　夜

〔潘晓晓跟踪蒋云来到沈蓓儿家楼下，她看着蒋云下车，走进楼道。

〔潘晓晓红着眼望向前方。

武杰与沈蓓儿家　内　夜

〔蒋云进了沈蓓儿家，发现屋内一片狼藉，杂志、枕垫、饰品丢了满地。

〔蒋云来到卧室，见沈蓓儿呆呆地瘫坐在地板上，面前是一地的避孕套碎片。

〔蒋云轻轻走过去，蹲下身，轻轻地抱住沈蓓儿。

〔沈蓓儿趴在蒋云的肩头痛哭。

酒店房间　内　夜

祝洋：（流泪坐在床边）我和丈夫结婚七年，至今都没有怀上孩子。

〔武杰转身，吃惊地看着祝洋。

祝洋：（伤心地，轻声地）我尝试过很多办法，换工作、看中医、吃偏方，可是结果都一样，我还是怀不上孩子。

〔武杰走到祝洋面前，蹲下身，跪在她面前，双手握住祝洋的手。

祝洋：（激动地）我知道是我欠他的，我想尽一切办法来弥补。可我不知道还能用什么方法来继续维系我们之间的感情。七年了，该有的都应该有了。可是我们，还在原地踏步，甚至是在后退。除了日复一日不变的生活，什么都没留下。

〔武杰轻轻摸着祝洋的头，眼睛湿润着。

祝洋：（痛苦地，激动地）我渴望被爱，渴望热情的怀抱。可是一次次，我只看到他眼中的失望与失落。我开始变得自卑，觉得自己是个不完整的女人。我们的步调越来越不一致，他渴望平静，我却希望有所新意。他习惯了麻木，我却想改变现状。否则，我们的生活总有一天会走向枯竭。（皱眉，哽咽地）直到我提出把老房子翻新，直到，我遇见了你。

〔武杰心疼地抱住祝洋，祝洋的泪滴在武杰的肩上。
〔大雨继续下着，玻璃窗模糊一片。

武杰与沈蓓儿家　内　夜

沈蓓儿：（抱住蒋云，心痛地，激动地）我不想看到这里的一切，我觉得肮脏！带我离开这里，带我离开这里！

〔蒋云搀扶沈蓓儿出了楼道。

潘晓晓车　内　夜

〔潘晓晓吃惊地看见蒋云搀扶一位披头散发的女子上了车。

潘晓晓：（眼泪滑下，自言自语地）原来，蒋云是为了她。

路上　内　外

〔雨很大，沈蓓儿靠在蒋云怀里，蒋云一手抱着她，一手开车。
〔潘晓晓在后面跟着蒋云的车，眼里充满了愤怒。

酒店　内　外

〔蒋云扶沈蓓儿下车，两人进了酒店。
〔潘晓晓张大眼睛，流下愤怒的泪水。她一头靠在方向盘上，发出刺耳的喇叭长鸣声。

酒店房间　内　夜

〔蒋云和沈蓓儿来到酒店房间，蒋云替沈蓓儿放好洗澡水和毛巾。
〔沈蓓儿在浴室大哭，蒋云靠在走廊墙壁上心痛地闭眼，握紧拳头。

酒店房间　外、内　夜

〔天桥下，潘晓晓一罐接一罐地喝啤酒。
〔潘晓晓喝醉了，丁海滨开车带她来到酒店。

[潘晓晓在卫生间吐，丁海滨在一旁照顾。

[丁海滨帮潘晓晓脱鞋，盖上被子。

潘晓晓：水，水……

[丁海滨赶紧倒水，喂水给潘晓晓喝。

[潘晓晓迷糊地抱住丁海滨呜呜大哭。

酒店房间　内　夜

[沈蓓儿躺在床上，蒋云为她盖好被子。

[沈蓓儿全身颤抖，紧紧抓住蒋云，蒋云紧紧抱住她。

沈蓓儿：（眼里含泪，面无表情）他外面有人了。

[蒋云闭眼。

沈蓓儿：（流泪）他背叛了我，欺骗了我。

[蒋云抚摸沈蓓儿的胳膊，轻拍她。

沈蓓儿：我们很相爱，也很珍惜彼此。他说过，在这个世界上，
除了父母，没有人比他更爱我了。我知道那是甜言蜜语，但我仍愿意
去相信一次。我原本以为，我们可以这样相安无事地过一辈子。

［蒋云点点头。

沈蓓儿：（痛苦地，哽咽地）我们刚刚办完婚礼……他怎么可以……

蒋云：那你说，我们的相遇，又算不算对他的欺骗和背叛呢？

沈蓓儿：（放开手，愣住）我没有背叛他，没有……

蒋云：（感悟地）如果心和身是分开的，我情愿对方是身的背叛。最重的伤害，不在身，在心。

［沈蓓儿愣住，眼泪滑落。

沈蓓儿：（绝望地）可对女人来说，任何一种背叛都无法接受。哪一种，都是致命的伤害。

蒋云：我明白。我也伤了一个女孩的心。

［沈蓓儿望着蒋云。

蒋云：（红着眼）我可以给她任何东西，但就是给不了我的心。对她来说，这也许是最大的伤害了吧。

沈蓓儿：女人，可以什么都不求，只求男人的一颗真心。

蒋云：（眼眶湿润）可是这个男人的心，在见到另外一个女人时，就注定给了她，再也容不下别人了。

［沈蓓儿与蒋云拥抱着取暖，窗外的大雨，模糊了玻璃窗。

武杰车 内 日

〔武杰边开车，边焦急地拨沈蓓儿手机，始终无法接通。打家里电话，长音。

武杰：妈，蓓蓓昨晚回您那儿了吗？
沈蓓儿母亲：没回来啊，怎么，出什么事了？
武杰：没事，妈。昨晚我通宵在单位干活，还以为蓓蓓去您那儿了。
武杰：（焦急地快速开车，自言自语地）沈蓓儿，你去哪儿了呢？

武杰与沈蓓儿家 内 日

〔武杰进家门，看见客厅一地的狼藉，傻眼。
〔武杰进卧室，看见满地的避孕套和盒子，惊呆地靠在墙上。

蒋云车 内 日

〔蒋云将车停在沈蓓儿家楼下。

沈蓓儿：你在这里等我。
蒋云：要我陪你上去吗？

〔沈蓓儿摇摇头，抬头看一眼楼上的窗户，眼眶湿润。

武杰与沈蓓儿家　内　日

［沈蓓儿进家门，房间已被打扫干净。

武杰：（焦急地迎上）老婆，你去哪儿了？
沈蓓儿：（冷冷地）不要叫我老婆，你给我走开！

［武杰扶住沈蓓儿，沈蓓儿一把甩开他。

沈蓓儿：（眼眶红润）别碰我！我觉得恶心！
武杰：老婆，老婆，老婆……

［沈蓓儿径直进卧室锁上门，打开衣柜拿出衣服装进大包，开门。

武杰：（守住门口）老婆，老婆，你要去哪里？
沈蓓儿：（气急地）你给我让开！我再也不想看见你！

［沈蓓儿走向大门口，武杰在身后啪地跪在地上。

武杰：（红眼，大声地）老婆！老婆！我错了！
沈蓓儿：（闭眼，眼泪滑落，冷冷地）从这一刻开始，我不再是你的老婆！这个称号，我受之不起！

［沈蓓儿进电梯，武杰跟出来。

武杰：老婆，老婆！你听我解释！

沈蓓儿：不用跟我解释，和她去解释吧！你的话，已经没有任何可信度了。

武杰：（挡住电梯门，忏悔地）老婆，我只是一时犯糊涂，请你相信我一次！

沈蓓儿：（冷冷地）谎言，永远不能开口说第一次！

〔沈蓓儿按关门键，武杰挡住门。

沈蓓儿：（大声地）别再跟着我！

武杰：老婆！

〔沈蓓儿不停地重重地按着电梯键，武杰松手，电梯缓缓关门。

〔武杰红着眼看着她，电梯将两个人隔开。

〔沈蓓儿的眼泪无声地滑落，武杰趴在电梯门口痛哭。

蒋云车　内　日

〔蒋云站在车旁，为沈蓓儿提包，开车门。

蒋云：确定要走吗？

沈蓓儿：我一分钟都不想待在这里！

〔蒋云一脚油门出去，沈蓓儿望向窗外，默默地流泪。

沈蓓儿娘家　内　日

〔蒋云拿着包将沈蓓儿送回她母亲家楼上。

蒋云：阿姨，请照顾好蓓蓓姐。

〔蒋云转身离开，沈蓓儿看着他的背影。

沈蓓儿：蒋云，谢谢你！

〔蒋云转身，两人深情、痛苦地对望。

蒋云：保重，为了你自己！

〔蒋云快速转身离开。
〔蒋云发动油门，满脸的痛苦。

丁海滨与祝洋家　内　日

〔祝洋的老屋在紧张的装修中，祝洋站在窗口发呆。
〔祝洋手机响，武杰来电。

武杰：祝洋……
祝洋：（来到楼梯口）武杰。

〔武杰沉默。

祝洋：（眼睛湿润）想说什么，就说吧。

武杰：祝洋，对不起……我想，我们该结束了。

〔祝洋愣住，慢慢蹲下身，捂住脸痛哭。

沈蓓儿娘家　内　日

〔武杰使劲敲沈蓓儿卧室门，沈蓓儿木木地坐在床沿边。

沈蓓儿母亲：武杰，你们到底怎么了？

武杰：妈……

沈蓓儿母亲：女儿，有什么事你先开门，好好和武杰谈。

沈蓓儿：（开门，推搡武杰）妈，让他走，我再也不想看见他，让他走！

沈蓓儿母亲：到底有什么天大的事要闹成这样？

沈蓓儿：（崩溃地，大声地）让他滚，让他滚！

沈蓓儿母亲：武杰，沈蓓儿现在情绪很激动，我看你还是先回去，我来劝劝她。

〔沈蓓儿把武杰推出门，狠狠关上门。

沈蓓儿母亲：蓓蓓，武杰到底做错了什么？你要这样对他？

〔沈蓓儿喘着气靠着门蹲下身去，颤抖着身体流泪。

沈蓓儿母亲：（摸沈蓓儿的脸，凝重地）告诉妈，你们到底出了
什么事？

沈蓓儿：（委屈地抖动着嘴唇，搂住母亲的脖子）妈……妈……妈！

〔沈蓓儿母亲抱住她，眼眶红了，似乎明白了一切。

台球厅　内　日

〔蒋云满脸沉重地狠狠打台球、灌啤酒。

潘晓晓：（气急地冲进来，大声地）蒋云在不在？在不在？

〔潘晓晓疯狂地寻找着蒋云的身影。
〔潘晓晓冲到蒋云面前，上前扇了他一巴掌，蒋云定住。

潘晓晓：你混蛋！

〔潘晓晓拿起一旁的啤酒罐，从他脑袋上倒了下去，蒋云愣住。

潘晓晓：（狠狠地瞪着）蒋云，我恨你，我恨死你了！

〔潘晓晓用力地扔掉啤酒罐，转身离去。
〔蒋云抬头眨眨眼，抹了抹脸，呆在原处。

祝洋娘家　内　夜

〔祝洋走进卧室，从背后紧紧抱住丁海滨，流泪。

丁海滨：怎么了，老婆？

〔祝洋痛苦地摇头。

丁海滨：（笑笑）也许过不了多久，我就可以升职了，你要高兴才对。

〔祝洋紧紧抱住丁海滨，沉默。

沈蓓儿娘家　内　夜

〔沈蓓儿蜷缩在床上，一旁摆着饭菜和水杯。
〔沈蓓儿的电话接连不断，来电武杰。沈蓓儿只是流泪，不接电话。

沈蓓儿娘家　内　日

〔沈蓓儿拿着包出门，武杰守在大门口。

沈蓓儿：老婆，我送你上班。

〔沈蓓儿不理，径直往外走。

武杰：老婆，老婆，你说句话好吗？

沈蓓儿：（猛地转身）你别再跟着我，你这是骚扰！

武杰：（拉住沈蓓儿的胳膊）老婆，老婆！

沈蓓儿：（定住，冷冷地）你再跟着我，我就亲手杀死肚子里的孩子！让你一辈子都见不到他！

武杰：（绝望地，大声地）不要！

〔沈蓓儿拿掉武杰的手，往前走。

武杰：（红眼，在背后哽咽地）求你，求你照顾好自己，我求求你了！

〔沈蓓儿红眼，径直往前走。

路上 外 黄昏

〔沈蓓儿提着包，在路口给蒋云打电话。

沈蓓儿：（红着眼）能帮我找个地方住吗？我不想让他再找到我。

〔蒋云飞速赶来，接上沈蓓儿。

蒋云：你想去哪里？

沈蓓儿：哪里都可以，只要是他找不到的地方。他会找遍所有能找的人，我真的不想再看见他。

蒋云：有一个地方很安全，我家。

〔沈蓓儿诧异地望着蒋云。

蒋云：我爸昨天出国了，家里没人，你可以安心地住在我那里。

蒋云家　内　夜

〔蒋云扶着沈蓓儿回到家，阿姨开门拿包。

蒋云：阿姨，这是我干姐姐，她要在这里住几天。
阿姨：是，少爷，我这就去准备客房。
蒋云：晚上做些好吃的，要清淡的，再炖点燕窝。
阿姨：明白，我这就去准备。
蒋云：（扶沈蓓儿坐在沙发上）你就安心地住在这里，什么都别多想，我会时刻陪在你身边。
沈蓓儿：（眼眶湿润）谢谢你，蒋云。
蒋云：（认真地）不要对我说这两个字，永远不要。

沈蓓儿娘家　内　夜

武杰：（满面憔悴，胡子满腮，崩溃地）妈，我问了所有的朋友，都找不到蓓蓓！
沈蓓儿母亲：（坐在沙发上，生气地）是你把她逼走的，不要来问我，我也不知道她去哪了。

〔电话响，沈蓓儿母亲接起。

沈蓓儿母亲：（急切地）蓓蓓，你在哪里？告诉妈，你到底在哪里？

沈蓓儿：妈，你别担心，我很好。放心，我会照顾好自己。再见。

武杰：（抓着沈蓓儿母亲的胳膊急切地）妈，蓓蓓在哪里？

〔沈蓓儿母亲沉默。

武杰：（捂住脸痛哭）是我伤了蓓蓓的心，我该死，我该死！

沈蓓儿母亲：（失望地）人心，真的伤不起。

蒋云家　内　夜

〔饭桌上，摆着丰盛的菜肴。

〔沈蓓儿木木地坐在面前，眼眶湿润。

〔蒋云拿着碗和勺，喂沈蓓儿吃饭，沈蓓儿委屈地不断落泪。

〔蒋云和沈蓓儿坐在泳池前的椅子上，一轮明月印在水中，两人静静看着泳池里波光闪闪的水。

〔蒋云抱着沈蓓儿，轻轻哼起了张国荣的《今生今世》。

蒋云：是你的双手，静静燃亮这份爱。是你的声音，夜夜陪伴我的梦……今生今世，宁愿名利抛开，潇洒跟你飞。风里笑着风里唱，感激天意碰着你，纵是苦涩都变得美。天也老任海也老，唯望此爱爱未老，愿意今生约定他生再拥抱。

　　［蒋云唱着，眼眶湿润。

　　［沈蓓儿默默地流泪。

　　蒋云又深情地唱起《追》。

　　蒋云：这一生也在进取，这分钟却挂念谁。我会说是唯独你不可失去……谁比你重要，成功了败了也完全无重要。谁比你重要，狂风与暴雨都因你燃烧，一追再追。只想追赶生命里一分一秒，原来多么可笑。你是真正目标，一追再追。追踪一些生活最基本需要，原来早不缺少。有了你即使平凡却最重要，好光阴纵没太多，一分钟又如何。会与你共同渡过都不枉过，有了你即使沉睡了也在笑。

　　［蒋云流泪。

酒吧　内　夜

　　［潘晓晓伤心地在酒吧一杯接一杯地喝酒买醉。

　　［潘晓晓一遍一遍地疯狂拨打蒋云的电话。

蒋云家　内　夜

　　［沈蓓儿在房间休息，蒋云坐在沙发上陪伴。

　　［蒋云的手机放在圆桌上，静音，一遍遍闪烁着潘晓晓的名字。

　　潘晓晓：（发来短信）蒋云，我们最后好好谈一次。

酒吧　内　夜

〔潘晓晓喝得烂醉，被朋友抬了出来。

咖啡厅包厢　内　日

〔潘晓晓坐在包厢内，对面坐着蒋云。

潘晓晓：（红着眼眶，压抑情绪）原来，你是为了她？

〔蒋云抬头望着潘晓晓，沉默。

潘晓晓：（眼泪滑落，大声地）她到底有什么好的，你说啊？

〔蒋云低头沉默。
〔潘晓晓颤抖着双手，拿起桌上蒋云的zippo打火机点烟。

潘晓晓：因为那个女人，所以你不要我，对不对？

〔蒋云不响。

潘晓晓：（拍着桌子，满面泪痕，大声地）你倒是说话啊，说话
啊你！平时神气活现的，现在怎么成了哑巴？

蒋云：（无奈地看看潘晓晓）你看看你现在的样子！

潘晓晓：（凶狠地）怎么，厌烦了是吧？上完我甩甩屁股就去上

别人的床了是吗？

蒋云：（大声地）你胡说八道些什么？简直不可理喻！

潘晓晓：（狠狠地）我不可理喻？我说错了吗？你的口味怎么转变得这么快？姐弟恋很刺激是吧？

蒋云：你疯了！

〔蒋云起身，走向门口。

潘晓晓：（起身拍桌子，发疯地）是，我是疯了！被你逼疯的！那个女人到底哪里好了？都是三十岁的老女人了，再过几年就成名副其实的老太婆了，我看你还喜欢她什么！

〔蒋云转身回到桌旁拿起打火机。

蒋云：（侧着头，冷冷地，平静地）总有一天，你也会变成老太婆的！

潘晓晓：你……

蒋云：（开门，定住，平静地）每个人都会变老，你也逃不过。

潘晓晓：（拿起沙发垫子向蒋云扔去）蒋云，你混蛋！

〔蒋云走出去，潘晓晓在背后不停地谩骂着。

丁海滨与祝洋家　内　日

〔祝洋的老屋装修完成，田园简欧风格，桌上摆放着漂亮的鲜花。

〔丁海滨在厨房做菜，祝洋在一边心不在焉地帮忙。

〔门铃响。

丁海滨：（兴奋地）老婆去开门，一定是小武设计师来了。

〔祝洋咬着嘴唇去开门，两人尴尬地相望。

〔武杰拿着一瓶洋酒进来。

丁海滨：小武设计师来了，快坐，快坐，菜马上就好！

祝洋：（低头）请坐。

〔祝洋回厨房心不在焉地倒水，水满了出来。

丁海滨：老婆，水满了。

祝洋：噢。

〔饭桌上，丰盛的菜肴。

丁海滨：（倒酒）感谢小武设计师，帮我们家洋洋圆了一个田园梦。来来来，喝酒！

武杰：（尴尬地拿着酒杯）应该的，这是我的工作。

〔三人碰杯喝酒。

祝洋：还有一个汤，我去拿。

〔祝洋从炉子上拿过汤碗，汤太满，倒在祝洋的手上。

祝洋：哎呀！
丁海滨：（跑进来）老婆怎么了？
祝洋：烫到了。
丁海滨：快拿凉水冲冲。

〔武杰下意识地起身,来到客厅一角的柜子前,拉开抽屉取出药膏。
〔丁海滨和祝洋愣住。

武杰：（尴尬地）哦，这房子是我设计的，每一个细节我都清楚。

〔武杰将药膏递给祝洋，祝洋不好意思地接过去。
〔吃饭时，祝洋一阵恶心，捂住嘴巴，进了洗手间。

丁海滨：我去看看她。

〔武杰皱眉放下筷子。

丁海滨：（拍着祝洋的背）好好的这是怎么了？
祝洋：这几天肠胃不舒服，没事了。

〔祝洋回到饭桌前，尴尬地看了眼武杰。
〔武杰皱眉看看祝洋，痛苦地将一杯红酒一饮而尽。

丁海滨：（倒酒）武设计师，好酒量！再来一杯！

〔祝洋红着眼眶，忍住心痛往嘴里夹菜，嘴唇颤抖着。

医院　内　日

〔蒋云陪沈蓓儿到医院妇产科做产检。
〔一个护士，潘晓晓的好姐妹，看到他俩，瞪大眼睛。

医生：胎儿已经有心跳了。

〔沈蓓儿勉强挤出一丝笑容。
〔护士转身发短信。
〔蒋云扶着沈蓓儿进电梯下楼，旁边电梯开了，祝洋出来。
〔祝洋抬头看一眼妇产科，朝里面走去。

医生：（将化验单交给祝洋）恭喜你，你怀孕了！

〔祝洋惊呆了，颤抖着的手猛地滑下来，化验单落在地上。

蒋云家　黄昏　内

〔蒋云扶着沈蓓儿进客房休息，轻轻地关上门。
〔潘晓晓来电，蒋云轻轻到楼下接起电话。

　　潘晓晓：蒋云，你不是人！背着我玩女人，还搞大了别人的肚子！别以为我什么都不知道！

　　蒋云：（压低声音）你真的疯了，我不想和你废话！

　　潘晓晓：（疯狂地）你在哪里？在哪里？

　　蒋云：我的事与你无关，请你自重！

　　潘晓晓：蒋云，你摆脱不了我的，你摆脱不了我的！

　　〔蒋云愤愤地挂电话，关机。

　　〔蒋云上楼，轻轻开客房门，看沈蓓儿睡得安稳。

出租车　黄昏　内

　　〔祝洋坐在出租车上，忧郁地看着窗外，摸摸自己的肚子。

　　〔医生的话在祝洋耳边响起：恭喜你，你怀孕了！

　　〔祝洋的脑海里不断浮现出和丁海滨在一起怀不上孕的情景，又浮现和武杰在一起缠绵的镜头，两个画面不断交替着。

　　〔祝洋皱着眉捂住脑袋。

　　〔祝洋忽然瞪大眼睛，定住，仿佛终于在这一刻知道了所有的真相。

　　〔祝洋下了出租车，跑到路边吐了起来。她蹲下身去，摸着肚子，呜呜地痛哭起来。

蒋云家　黄昏　内

　　〔门铃响，蒋云一看电话视频是潘晓晓，闭眼、皱眉、后退。

蒋云：阿姨，上楼照顾我姐！没有我的允许，谁都不准上楼！

［阿姨匆匆上楼。

［蒋云定了定，握拳，开门。

潘晓晓：（愤怒地）原来你在家！

蒋云：（一把挡住门）有话外面说！

潘晓晓：怎么，没胆让我进去吗？

蒋云：这是我家，我说了算！

潘晓晓：（红着眼怒吼地）我是你女朋友！

蒋云：我从没承认过！

［潘晓晓一巴掌打了过去。

潘晓晓：蒋云，你好狠心！

蒋云：（闭眼，点头）对，我就是狠心，怎么样？

［潘晓晓一把推开蒋云，冲了进去，在客厅寻找起来。

蒋云：（压低声音）潘晓晓，你干什么？你给我出去！这里是我家！

潘晓晓：（疯狂地寻找着）我倒要看看那个狐狸精藏在哪里，她是怎么勾引我的男朋友的！

蒋云：（上前一把拽住潘晓晓的胳膊）你真的疯了，我要把你送去精神病院！

〔潘晓晓一把吻住蒋云，蒋云推开她。

蒋云：你真的不可理喻！

〔潘晓晓忽地跪在地上，抱住蒋云的大腿，呜呜地哭着。
〔蒋云痛苦地闭眼，定住。

潘晓晓：（崩溃地，歇斯底里地）蒋云，我是真的爱你！我从没这么爱过一个人！你别离开我，求求你了！你把我折磨死了，折磨死了……

蒋云：（无奈地）潘晓晓，你怎么就不明白呢？

潘晓晓：不如，我们结婚，我给你生个孩子，怎么样？

蒋云：（无奈地摇头）你真的疯了！你不要妄想用婚姻和孩子来拴住一个人！

潘晓晓：（大声地）那你到底要怎么样才能忘记她？怎么样才能对我回心转意？

蒋云：（定了定，平静地）很抱歉，我的心，从来就没有为你敞开过，又谈何而来的回心转意？

潘晓晓：（仰着头惊呆了，眼泪掉下）蒋云，你……

沈蓓儿：（站在二楼楼梯口，平静地）蒋云！

〔蒋云和潘晓晓同时回头向上望。

蒋云：（呆了）蓓蓓……

潘晓晓：（忽地从地上起来，冲到楼梯口，疯狂地）就是你，就是你这个狐狸精骗走了我的蒋云，就是你！

　　蒋云：潘晓晓，你给我站住！

　　潘晓晓：（猛地上楼，抓住沈蓓儿的胳膊晃动）你说，你为什么要勾引我的男人？你都是三十岁的老女人了，为什么不肯放过一个比你小这么多的男人？

　　蒋云：（三步并两步冲上来）蓓蓓，她疯了，你别理她，回房去！

　　潘晓晓：怎么，你那么护着她？是不是她的床上功夫比我好，所以你选她不选我？除此之外，你还喜欢她什么？什么！

　　蒋云：（一巴掌打向潘晓晓的脸）你这个婊子！

　　潘晓晓：（捂着脸狠狠地瞪着蒋云，蹦出眼泪）你骂我什么？蒋云，我跟你拼了！

〔潘晓晓狂抓蒋云的头、脸、身体，两个疯狂地厮打着。

　　沈蓓儿：（上前伸手拦他们）别动手，别动手，有话好好说！

〔潘晓晓和蒋云扭成一团。

　　沈蓓儿：（拉住潘晓晓的胳膊）别打了！

　　潘晓晓：（猛地一个大甩手）你给我滚开！

〔沈蓓儿脚跟落在楼梯边，没踩稳，一踏空，从楼梯上摔了下去。
〔蒋云和潘晓晓猛地回头。蒋云张大双眼，惊恐地定住。

　　蒋云：（大声地，崩溃地）蓓——蓓——

〔蒋云冲下楼梯，抱起沈蓓儿，血从沈蓓儿的腿上流下。

蒋云：（仰天长吼地）叫——救——护——车——

〔阿姨抖抖索索地下楼，打电话。
〔潘晓晓跪在二楼楼梯口，大口喘着粗气，瞪大眼睛。

医院走廊　内　夜

〔蒋云抱着沈蓓儿疯狂地跑进医院，血从沈蓓儿腿上不断流下来。

蒋云：（崩溃地）医生——护士——

〔沈蓓儿躺在床上，被医生、护士快速地推向前方。
〔蒋云紧紧握住沈蓓儿的手，奔跑向前。
〔蒋云和沈蓓儿的手被迫分开，沈蓓儿被推进了手术室。

医院楼梯口　内　夜

〔蒋云一把拽住潘晓晓的手来到楼梯口，将她甩到墙壁上，用手紧紧掐住她的脖子。

蒋云：（疯狂地，瞪着血红的眼睛）信不信我掐死你！
潘晓晓：（害怕地）我不是故意的，我不是故意的……
蒋云：（眼里含泪）你最好祈祷她平安无事，要是她有事，我真的会掐死你!

　　潘晓晓：（流泪摇头）对不起，对不起，对不起……

　　[蒋云慢慢地松了手，潘晓晓蹲下身子，捂住脖子不断咳嗽、喘气。

　　蒋云：（绝望地）你现在马上消失在我眼前，马上!

　　潘晓晓：（痛苦地）蒋云，蒋云……

　　蒋云：（低头，大声地）立刻!

　　潘晓晓：蒋云，真的对不起，她一定会平安无事的……对不起……

　　[潘晓晓哭着踉跄地离开。

　　[蒋云大吼一声，撕裂的喊声回荡在空旷安静的走廊上。他将拳头打在墙壁上，一拳，两拳……

医院走廊　内　夜

　　[手术室门开，蒋云上前。

　　蒋云：（焦急地）医生，我姐姐怎么样?

　　医生：幸好你送来得及时。再晚一步，孩子恐怕就保不住了。

　　蒋云：谢谢医生，太感谢了!

　　[蒋云惊魂未定，闭眼。

医院病房　内　夜

　　〔沈蓓儿被推入病房，蒋云陪在一旁，流泪深情地望着她，摸着
她的额头。

　　蒋云：（轻声地，痛苦地）傻瓜，你要真有事，我会毙了我自己的。

　　〔蒋云的一滴泪滴在沈蓓儿的左手背上。
　　〔沈蓓儿慢慢睁开眼，蒋云握住她的手。

　　蒋云：蓓蓓，你醒了，太好了！
　　沈蓓儿：（虚弱地，无力地）我的孩子，我的孩子呢？
　　蒋云：（吻她的手背）放心，孩子没事。

　　〔沈蓓儿的眼角流出泪，委屈地痛哭起来。
　　〔蒋云心疼地一把抱住沈蓓儿，摸她的额头，脸贴着脸。

　　蒋云：（轻轻地）都过去了，都过去了……再也没有人会伤害你，
再也没有了……

　　〔沈蓓儿呜呜地哭着，蒋云心痛地皱眉。

　　沈蓓儿：不要告诉我的父母。
　　蒋云：（愣住）我没有告诉他们。

〔武杰匆匆赶到医院，冲进病房。

武杰：（焦急地）蓓蓓，蓓蓓！

沈蓓儿：（激动地）我不想看到他，让他走，让他走！

武杰：（扑到沈蓓儿身边）老婆，老婆……

沈蓓儿：（崩溃地）让他走，让他走！走——走！

蒋云：（上前轻摸她的头）乖，听话。我们不激动，平静下来……

〔沈蓓儿喘着大气，慢慢平静下来，武杰看得呆住了。

〔沈蓓儿疲惫地闭上眼。

医院楼梯口　内　夜

〔蒋云一把拽着武杰来到楼梯口，一拳打在他的脸上。

蒋云：（红着眼）这一拳，我是替蓓蓓打的！

〔武杰摸着鼻子流出的血，没有还手。

蒋云：（又一拳）这一拳，是为了她肚子里没出世的孩子！

〔沈蓓儿在病房里听着外面吵闹的动静，流泪闭上眼。

蒋云：（又一拳）这一拳，是为了蓓蓓的父母！好了，你可以还手了！

〔武杰靠着墙，慢慢地蹲下身去。

〔蒋云一把揪住武杰的衣领，将他拉起来，用胳膊压住他的脖子。

蒋云：（大声地，指着武杰）记住，别再伤她的心！否则，我绝对不会放过你！

武杰：（怀疑地）你到底是谁？

蒋云：（大声地，决绝地）我是谁并不重要！重要的是，你别再背叛自己的老婆了！

〔蒋云愤愤地甩开手，武杰一眼瞥见他手指上的戒指。武杰想起在家里水池台上看见过的戒指，恍然大悟。

〔蒋云愤愤离开，武杰靠在墙上。

医院病房　内　夜

〔武杰跪在沈蓓儿床边，握住她的手，痛哭。

武杰：蓓蓓，对不起，对不起，对不起……我错了，请给我一次机会！

沈蓓儿：（哭红的双眼，冷冷地）世上没有不偷腥的猫，有了第一次就会有第二次。男人只要犯了错，便会一错再错，这是天性。

武杰：男人也懂良知，也懂得悔改。

沈蓓儿：（冷冷地）你知不知道你最大的特点是什么？就是长了一张会哄女人的嘴。

武杰：（摇头，痛苦地）蓓蓓，我是什么样的人你是知道的。我没犯过什么错，唯独这一次，我错了，我真的错了！我不配得到你的原谅，我该死！但是，孩子是无辜的。宝宝不能一出生就没有爸爸，这对他不公平。看在孩子的份上，你就给我一个照顾你们娘俩的机会吧！

　　［沈蓓儿流泪，不回答。

　　武杰：（颤抖地，眼泪纷纷落下）我们不是说好的吗，我要赚很多很多的钱，给你和宝宝花。让他住进我准备的小花园里，看着他长大成人，看着他结婚生子……我们不是说好的吗？不是说好的吗？

　　［武杰颤抖着身体扑在沈蓓儿身上。
　　［沈蓓儿慢慢伸出手，摸着武杰的脑袋。
　　［蒋云站在病房门口，透过玻璃窗看着他们。他痛苦地靠在墙上，闭眼，流泪。

丁海滨与祝洋家　内　夜

　　［新装修的房子里，丁海滨与祝洋面对面坐在餐桌前。

　　祝洋：（沉重地）海滨，我骗了你。

　　［丁海滨抬头疑惑地望着祝洋。

　　祝洋：（流泪）海滨，我对不起你！

〔祝洋拿着医院的化验单，放在桌上，推到他面前。

〔丁海滨拿起单子一看，瞪大双眼。

丁海滨：（猛地抬头）洋洋，你……你怀孕了？

〔祝洋点点头。

丁海滨：这是好事啊……

〔祝洋抖动着嘴唇望着丁海滨。

〔丁海滨迟疑地想了想，忽然张大眼睛愣住，脑门上渗出冷汗。

〔祝洋捂住嘴冲进卧室。

〔丁海滨的双手猛地落下，喘着粗气，化验单掉在地上。

〔丁海滨抖动着嘴唇，将头磕在餐桌上，狠狠地磕，一下，两下，三下……

〔祝洋坐在卧室地板上，趴在床边痛哭。

〔丁海滨轻轻走进来，摸摸祝洋的脑袋，坐在床边。

丁海滨：（冷静地）告诉我，孩子是谁的？

〔祝洋呜呜地哭着。

丁海滨：（明白了一些）说吧，我不怪你。

祝洋：（抖动着嘴唇）是……是他……

丁海滨：（叹一口气）是……是那个设计师吧？

［祝洋愣住，痛哭地抱住丁海滨的大腿，丁海滨木木地不动。

丁海滨：你打算怎么办？

祝洋：随你怎么处罚我，我会打掉孩子，或者，离婚。

［丁海滨闭眼，沉默。

祝洋：（痛苦地，激动地）我不是个好妻子，也不配做你的妻子！我不能原谅我自己！

丁海滨：他知道吗？

［祝洋摇摇头。

丁海滨：他应该知道真相。

祝洋：（颤抖地）我现在才知道，他有家庭，不久的将来，就要做爸爸了……

［丁海滨心疼地摸着祝洋的头。

丁海滨：（红着眼）老婆，这些年，委屈你了……

［祝洋不住地摇头。

丁海滨：（仰头，痛苦地，顿顿）把他生下来吧，我可以当作自己的孩子一样来对待。

［祝洋惊呆地抬头看丁海滨。

祝洋：（惊恐地，使劲摇头）不可以，绝对不可以。这是罪恶，也是对你的耻辱。这是见不得光的，我一定要把他打掉！

丁海滨：可是，他也是你身上的一块肉！

祝洋：他原本就不该属于我。

丁海滨：（眼睛湿润）那样你不疼吗？

祝洋：（颤抖着嘴唇）疼！但比起带给你的伤害，它远远算不上什么！

［丁海滨心疼地摸着祝洋的头，一把将她抱进怀里。

医院　内　日

［武杰搀扶着大肚子的沈蓓儿到医院妇产科做产检。

［沈蓓儿躺在床上，医生拿着检测仪器按在她的肚子上，电脑屏幕上显示婴儿的胎动。

医生：你们看，这是宝宝的小手，这是小脚，这是他的小脑袋。

［沈蓓儿和武杰对望着笑笑。

［武杰搀扶沈蓓儿进电梯。丁海滨和祝洋从旁边的电梯里出来。祝洋望着走廊上来回走动的孕妇，看着她们的肚子，眼神中充满了留恋和绝望。

医生：（拿着单子）你们想好了吗？确定做人流？

祝洋：（看看丁海滨，定了定）想好了。

〔手术室门口，丁海滨握住祝洋的手。

丁海滨：老婆，别害怕，我在这里等你出来。

〔祝洋点头，慢慢走向手术室。

丁海滨：（在背后大声地）老婆！

〔祝洋猛地回头看丁海滨。

丁海滨：（深情地望着她，眼眶湿润）我们永远都是一家人，我爱你！

〔祝洋感动地使劲点点头，眼泪滑下。她忍住心痛，微微一笑，释然。

〔祝洋躺在手术台，大灯照在她脸上，她慢慢闭上眼，一行眼泪缓缓流下。

〔祝洋的心理描写：结束了，一切都结束了。

路上　外　夜

〔潘晓晓和蒋云站在时尚一条街的对面，远处，是那家酒店，两人第一次在里面的酒廊相识。

潘晓晓：（平静地）蒋云，我们是在那间酒廊认识的。那天，是我二十一岁生日。

蒋云：（冷静地）你认为，在夜店相识的人能培养出真感情吗？

潘晓晓：（眼睛湿润）那么你和她呢？你们是在她的婚礼上认识的，难道就是真感情了吗？

蒋云：你错了，我们不是在婚礼上认识的。

〔潘晓晓猛地回头，诧异地看着他。

蒋云：（释然地）我们在小时候就认识了，我五岁，她十三岁。

〔潘晓晓掉泪，狠狠地望着蒋云。

潘晓晓：所以你想说，你们相爱是有基础的，对吗？

蒋云：（眼睛湿润）我们并没有相爱。只是，我的心被她带走了。所以，再也没有人能够走进我的世界了。

〔潘晓晓咬着嘴唇，闭眼，心痛的眼泪从脸上滑落。

蒋云：爱情，不仅仅是你情我愿。如果两个人真的能够在一起，就不会选择分开。感情，不是我们自身能够掌控的。如果不能长相厮守，那么就好聚好散吧。毕竟，人生的路还很漫长。

潘晓晓：什么时候总结出了这些道理，她教你的吗？

蒋云：（摇头，淡定地）她让我学会了，什么是尊重和坚强。

潘晓晓：（心痛地点点头）好，我尊重你的选择和决定，我也会学着坚强。我们是在这里认识的，现在，就让我们在这里结束吧。

[两人默默地望向对街的酒店，想象着酒廊里传出激烈、动感的音乐，一群男男女女在兴奋地喝酒、嬉闹。两个人孤独的背影，和酒廊里热闹的景象，形成了鲜明的对比。

室　外

[画外音：一切似乎又恢复了平静。

[打出字幕：2012 来了。

[过场镜头。丁海滨和祝洋两人来到西餐厅吃烛光晚餐。两人回家来到卧室，一阵激情的亲吻。

[武杰开车接送身怀六甲的沈蓓儿上下班，回家他负责做饭、打扫卫生、按摩。武杰深情地看着沈蓓儿躺在床上，自己俯下身贴在她的大肚子上，笑了。

[潘晓晓进了电视台，成了一名节目主持人。录播结束后，男友来接潘晓晓下班，潘晓晓幸福地靠在他身上，像个小女人。

[蒋云在父亲的公司上班，负责到超市做销售和管理。他拿着单子对照货架上的红酒，一瓶瓶仔细地检查、签字。他约客户在饭店吃饭、谈事，像个成熟的大男人。黄昏，他开车来到沈蓓儿家楼下，默默地望着楼上，有两个身影在晃动。沈蓓儿大着肚子，武杰搀扶着。

[蒋云笑了，发动引擎。后视镜上的香包随风摇晃，蒋云笑着摸摸它，开车。

路上　黄昏　内

〔蒋云在路上稳稳地开车，忽然对面亮灯的车忽左忽右。

〔蒋云用手一挡，快速转动方向盘。

〔眼看车要冲向人行道，前面一个小男孩正在过路。

〔蒋云猛地一个打弯，猛地刹住车。小男孩惊恐地转过身，倒在地上，手上的风筝飞跑了。

〔蒋云迅速下车，跑过去，蹲下身抱起小男孩，检查一番。

蒋云：小朋友，你没事吧?

〔小男孩摇摇头，用手指指远处的风筝。

〔蒋云回头看风筝落在马路中间，笑笑，起身，快速地跑过去。

〔对面有车子快速地冲过来，车子闪着大灯。

〔蒋云的脚落在风筝边上，他笑着蹲下身去捡。

〔远处的车子不停按喇叭。

小男孩：(在马路边大声地) 哥——哥——

〔蒋云起身转头望向小男孩，像是看到了小时候的自己。

〔蒋云笑笑，挥动手里的风筝。

小男孩：(焦急地) 哥哥——小心——

〔蒋云快速地跑过去，对面的车子直按喇叭。

〔蒋云猛地回头，见大灯照在自己身上，他张大眼，车子撞了上来，风筝飞走了。

〔蒋云满脸鲜血地倒在地上，手上的戒指被摔出很远，滚到地上转了很久，静静地躺在地上。

〔蒋云迷糊地趴在地上一点点往前挪移，他伸出胳膊，张大手掌，努力地向前伸。

〔蒋云抖动的手，终于碰到了戒指。他将戒指紧紧握在手心里，欣慰地笑，忽然眼前一片黑暗，昏了过去。

〔蒋云的车子斜停在黄昏的路边，风儿吹过，车内后视镜上的香包在左右摇摆着。

医院　内　夜

〔蒋云浑身是血，被医生和护士快速地推进医院。

蒋云父母：（在一旁跟随着）孩子，要挺住，你会没事的！

〔手术室门口，蒋云两手紧紧地抓住床架，嘴里喃喃着。

护士：他好像在等人！

〔沈蓓儿捂着大肚子，喘气来到走廊上，所有人回头看。

蒋云父亲：（捂着嘴）蓓蓓，蒋云在等你！

〔沈蓓儿顶着大肚子快速跑到蒋云身边，哭着握住他的手。

沈蓓儿：（将蒋云的手贴在自己脸上，颤抖地）小屁孩，我来了，我来了！

蒋云：（迷糊地睁开眼）蓓……蓓……

沈蓓儿：（使劲点头，痛苦地）我是蓓蓓，我是沈蓓儿！

蒋云：（痛苦地）我也许……等不到宝宝出世了……

沈蓓儿：胡说！你要挺住！你一定能看到宝宝的！不要放弃，要坚持住！

蒋云：对不起，对不起……

沈蓓儿：（抚摸蒋云的脸，痛苦地）小屁孩是最勇敢、最坚强的，任何困难都打不倒你！你不是答应过我，要做宝宝的干舅舅吗？你说话要算数，不能食言的！

蒋云：（艰难地抬起头，虚弱地）记住……一定要幸福……要多爱自己一些……你不开心……我会难过……就算到了那里……我也会不安的……

沈蓓儿：（趴在蒋云身上，崩溃地）不会的，不会的！

蒋云：答应我……快答应我……

沈蓓儿：（颤抖着嘴唇，哽咽地）我答应你，我都答应你……我会幸福……一定会幸福……

沈蓓儿：（哼起张国荣的《追》）这一生也在进取，这分钟却挂念谁……

〔蒋云抖动嘴唇，轻轻哼唱。
〔情景再现：两人曾经在泳池边一起唱歌的情景。

[背景音乐：我会说是唯独你不可失去……谁比你重要，成功了
败了也完全无重要……只想追赶生命里一分一秒，原来多么可笑。你
是真正目标，一追再追。追踪一些生活最基本需要，原来早不缺少，
有了你即使平凡却最重要。好光阴纵没太多，一分钟又如何。会与你
共同渡过都不枉过……有了你即使沉睡了也在笑。

[沈蓓儿颤抖着身子痛哭，蒋云的眼泪滑落，嘴角微微一笑。
[医生推着车准备进入，蒋云紧紧地拉着沈蓓儿，沈蓓儿捂住嘴。
两人的手慢慢地被迫分开。
[手术室重重地关门，亮灯。
[沈蓓儿皱眉，捂住肚子，一阵剧烈的疼痛袭来。
[沈蓓儿被推进手术室，阵痛使她不断呻吟，浑身是汗。
[医生紧急地抢救蒋云，监视器上的数字和曲线不断起起落落。
[沈蓓儿痛苦地用力挣扎。

医生：加油，加油！再用力点！再加把劲！

[沈蓓儿哭着使劲，想起蒋云。
[情景再现：儿时，蒋云和自己捉迷藏，沈蓓儿哭了，蒋云拿着
棒棒糖给她吃。姐姐，不要哭了！我再也不逗姐姐了！蒋云抱住自己：
我会看着你将宝宝生下来，看着你们一家三口过幸福的日子……
[沈蓓儿使劲地用力，咬住嘴唇，眼泪滑落。
[蒋云闭眼，脑海中浮现沈蓓儿的身影。
[情景再现：蒋云看着车内的香包。沈蓓儿：你喜欢吗？送给你！
沈蓓儿在大雨中叫住自己：小屁孩！沈蓓儿抱住自己，痛哭：如果还

有下辈子……

　　〔蒋云的眼泪从眼角慢慢滑落。

　　〔监视器的数字骤降，曲线开始平整。

　　〔医生对蒋云采取电击法，一次、两次、三次……

　　〔沈蓓儿用尽全身力气努力着。

　　医生：快了，快了，已经看到宝宝的脑袋了！

　　〔医生对蒋云采取电击，仍没有心跳，监视器上的曲线变成直线，发出嘟——的声音。

　　沈蓓儿：（大声地，痛苦地）啊——

　　〔宝宝响亮的啼哭声。沈蓓儿虚弱地闭上双眼，眼角流下泪来。

　　〔护士抱着婴儿出来，沈蓓儿父母、武杰、武杰父母齐上。

　　护士：恭喜，是个女儿，6斤1两。

　　〔大家开心地围绕在宝宝身边。

　　〔医生低头沮丧地走出来，蒋云家人齐上。

　　〔医生拿下口罩摇摇头，蒋云父母崩溃。

　　〔蒋云盖着白布被护士推出来，蒋云父母趴在床边泣不成声。

医院病房　内　夜

　　[沈蓓儿坐在床上，看着婴儿床里的宝宝。
　　[沈蓓儿父母沮丧地看着沈蓓儿，上前一步。
　　[沈蓓儿下地，不顾众人的阻拦，哭着跑出去。

医院走廊　内　夜

　　[沈蓓儿站在墙角，被武杰搀扶住，她看着远处，蒋云被白布遮盖着。
　　[沈蓓儿捂住嘴想上前，武杰使劲抱住她，摇摇头。

　　护士：（走过来）请问你是沈蓓儿小姐吗？

　　[沈蓓儿点点头。

　　护士：（将一个塑料袋递给沈蓓儿）死者生前交代，一定要将这个交到你手里。

　　[沈蓓儿接过，颤抖着手从袋子里取出那枚白金戒指，上面还带着斑斑血迹。
　　[沈蓓儿一看戒指的内面，上面刻着"beibei"的字样。
　　[沈蓓儿呆住，捂住嘴巴，泪眼模糊。

墓地 外 日

〔打出字幕：一个月后。

〔潘晓晓和沈蓓儿站在蒋云的墓碑前，流泪默默地注视着他的照片，碑前全是鲜花和祭品。

潘晓晓：（冷静地）下葬的那天，很多人来送他，唯独你没来。你不来是对的，他不想让你看到他的样子，怕吓到你，让你伤心。

〔沈蓓儿捂住嘴痛苦地流泪。

潘晓晓：（流泪，平静地）蓓蓓姐，你知道下葬的那一刻，是什么东西陪着蒋云一起去的吗？

〔沈蓓儿迟疑地望着潘晓晓。

潘晓晓：（回头看着沈蓓儿）是那个香包！

〔沈蓓儿呆住，眼泪再一次滑落。

潘晓晓：（看着照片）蒋云生前说，只要香包陪着自己，他便此生无憾了。这样，他就可以生生世世和最爱的人在一起了。

〔沈蓓儿捂住嘴不出声，眼泪唰唰地下滑，全身不住地颤抖着。

潘晓晓：（冷静地）蒋云说，能在梦里爱着那个人，真好！他终于实现了自己的诺言，此生，只爱她！

沈蓓儿：（痛苦地摇头）他太傻了，太傻了……

潘晓晓：（看着照片，痴痴地）他真的很帅，任何时候，都比不上他现在这么可爱。他睡着了，多么安静，多么乖巧。睡吧，我知道，你累了！

［沈蓓儿摇着头。

潘晓晓：（释然地）蒋云，我曾经很恨你，恨你不爱我。现在我不恨你了，我明白了，勉强的感情不会幸福。

［沈蓓儿望着她。

潘晓晓：（豁然地）蓓蓓姐，我要离开这里了。

沈蓓儿：去哪儿？

潘晓晓：（感慨地）去美国，去过属于我的生活，也去寻找我的下一段感情。希望下一次，不再是飞蛾扑火般的爱情。

潘晓晓：（笑着看照片）蒋云，我要走了，祝福我吧。但愿芝加哥的天空，比上海的更灿烂。

潘晓晓：保重，蓓蓓姐。

潘晓晓：（凑近沈蓓儿的耳朵，轻轻地）我想告诉你，其实你一点都不老，特别年轻。连我也开始喜欢上你了，蒋云的选择是正确的！

［潘晓晓笑笑，拥抱沈蓓儿，转身离去。

〔沈蓓儿望着潘晓晓的背影渐渐远去。

武杰：（悄悄站在沈蓓儿身后）蓓蓓！

〔沈蓓儿看着蒋云的照片，痛苦地流泪。沉默。

武杰：（不带一丝杂念地，温和地）如果蒋云还在的话，你们会在一起吗？

〔沈蓓儿轻轻摇摇头。

武杰：（长叹一口气）如果真是那样，我也会尊重你的决定。我会选择退出，让你幸福。

沈蓓儿：（摇摇头）武杰，你不懂我，更不了解他。

武杰：（低头）对不起，对不起……

沈蓓儿：（回转半个头）不过，有一点却变了。

武杰：（抬起头）什么？

沈蓓儿：（平静地笑了）在这个世界上，终于有人比你更爱我了！

〔武杰呆住，眼眶湿润，想起曾经对沈蓓儿的承诺。

〔情景再现：亲爱的，在这个世界上，除了父母，我是最爱你的那个人。这辈子，再也没有人比我更爱你！

〔闪回。武杰后退一步，沉默，微风吹在两人的脸上。

〔整个墓园，风和日丽。

过场镜头

〔打出字幕：2012 年 10 月 2 日。

〔打出字幕：（情景展现，与字幕同步）丁海滨与祝洋在旋转餐厅吃烛光晚餐，庆祝结婚八周年。同时，也为了庆祝丁海滨升职为司法局的办公室主任。更为了纪念伟大的一刻，丁海滨经过一系列的治疗、调理，终于荣升为准爸爸。他们经过漫长的七年之痒、八年抗战，终于要迎来人生中最幸福的一刻。祝洋说，苦等了这么久，虽然漫长和艰辛，但是，一切都值得。

〔打出字幕：（情景展现，与字幕同步）武杰与沈蓓儿去夏威夷度假后不久，武杰接到公司的一个大项目。他在施工现场，不慎被高空跌落的玻璃碎片砸中眼睛，导致眼角膜破损。武杰在医院接受了眼角膜移植手术。家属签字时，沈蓓儿在眼角膜捐赠者一栏上，看见了一个熟悉的名字：蒋云。

〔打出字幕：（情景展现，与字幕同步）潘晓晓在芝加哥向沈蓓儿发来喜讯，她与一位美国华裔喜结连理，在教堂举行了隆重的婚礼。在潘晓晓与新郎亲吻的那一刻，在亲朋好友的祝福声中，她终于发现，被人深爱的感觉真好；两个人彼此相爱的感觉，更好。潘晓晓说，等回到中国，她会亲自把喜糖送到沈蓓儿手里。然后去蒋云的墓上，把这个好消息告诉他。

墓地　外　日

〔沈蓓儿来到墓地，将鲜花放在墓碑前。

沈蓓儿：（擦拭着墓碑上的照片）小屁孩，你看你的脸又脏了。

沈蓓儿：（拿着宝宝的照片）小屁孩，你看，这是你外甥女的照片，可不可爱？

沈蓓儿：（沉重地，感动地）蒋云，谢谢你为武杰捐献了眼角膜，让他的世界重现光明。现在，他的眼睛恢复得很好，多得你的大爱。谢谢你！在这个世界上，你是第一个实现承诺的人，感谢你！

沈蓓儿：你生前，最爱听哥哥的歌，让我再为你唱一首吧，唱不好不许笑我！

〔沈蓓儿深情地唱起张国荣的《追》。

沈蓓儿：（眼眶含泪）这一生也在进取，这分钟却挂念谁……我会说是唯独你不可失去……谁比你重要，成功了败了也完全无重要……只想追赶生命里一分一秒，原来多么可笑。你是真正目标，一追再追。追踪一些生活最基本需要，原来早不缺少，有了你即使平凡却最重要。好光阴纵没太多，一分钟又如何。会与你共同渡过都不枉过……有了你即使沉睡了也在笑。

〔柔柔的歌声传遍了整座山林。

上海　黄昏、夜　外

〔沈蓓儿开着车，微笑地向前行。后视镜上，系着一根编织的红绳，下面挂着一枚白金戒指，随着窗外的风左右摇摆着。

〔城市中，夕阳西下，天色也渐渐暗了。各处的霓虹灯亮起，组成了一个美丽、绚烂的夜色都市。外滩的高楼大厦，来往的车流与行走的路人，一片灯火辉煌的景象。

〔放片尾字幕。

〔大酒店门口，相继走出来六个人：祝洋挽着丁海滨的胳膊，武杰揽着沈蓓儿的腰，蒋云和潘晓晓各自出来。他们走到门口站成一排，从左到右，下意识地转头看。丁海滨转头看潘晓晓，祝洋转头看武杰，武杰转头看祝洋，沈蓓儿转头看蒋云，蒋云转头看沈蓓儿，潘晓晓转头看蒋云。六人彼此微笑，丁海滨和祝洋走进车座，武杰和沈蓓儿坐进车内，蒋云坐在车里发动引擎，潘晓晓一脚油门冲了出去。宽阔、繁华的大街上，四辆车并排，前后有序地行驶在马路上。上海繁华的城市全夜景。

〔画外音：在这座充满魅力与诱惑的都市中，人们为各自的理想生活行走、奔波。在他们身上，发生着形形色色的故事。今夜，又将发生些什么？你的故事呢？

（剧　终）

图书在版编目（CIP）数据

父亲 / 伊玲著. —杭州：浙江大学出版社，2013.6
（伊玲文集）
ISBN 978-7-308-11340-3

Ⅰ. ①父… Ⅱ. ①伊… Ⅲ. ①电影文学剧本－作品集
－中国－当代 Ⅳ. ① I235.1

中国版本图书馆 CIP 数据核字（2013）第 067544 号

父　亲

伊　玲　著

责任编辑	陈佩钰（yukin_chen@hotmail.com）
封面设计	项梦怡
出版发行	浙江大学出版社
	（杭州市天目山路 148 号　邮政编码 310007）
	（网址：http://www.zjupress.com）
排　版	杭州立飞图文制作有限公司
印　刷	浙江印刷集团有限公司
开　本	889mm×1194mm　1/32
印　张	10.125
插　页	4
字　数	246 千
版 印 次	2013 年 6 月第 1 版　2013 年 6 月第 1 次印刷
书　号	ISBN 978-7-308-11340-3
定　价	28.00 元